Translating Myself and Others

Jhumpa Lahiri

翻訳する私

ジュンパ・ラヒリ

小川高義 訳

CREST BOOKS
Shinchosha

翻訳する私◆目次

Translating Myself and Others
by
Jhumpa Lahiri

First Japanese edition published in 2025 by Shinchosha Publishing Co., Ltd.
Japanese translation rights arranged with
William Morris Endeavor Entertainment LLC., New York
through Tuttle-Mori Agency, Inc., Tokyo.

Photograph by Dan Callister
Design by Shinchosha Book Design Division

追悼

タパティ・ラヒリ（一九三九〜二〇二一）

詩人、翻訳家、母／マー／মা

かくして一つの声はいくつもの声に分かれ、
それぞれが各人の耳に届いていって、
形ある言葉、明らかな音が、その耳を打つ。
——ルクレーティウス『物の本性について』(第四巻五六五—七行)

翻訳する私

序文

翻訳のジレンマという記憶が、幼児期にまでさかのぼる。五歳だった私は幼稚園の教室で、ほかの子と大きなテーブルを囲み、母の日のカードを作っていた。まず白い厚紙を折ってから、クレープ紙でピンクのバラと緑の枝を工作して、表側に貼りつける。保育助手の先生がテーブルを回りながら、バラの花に香りのスプレーをしてくれた。折ったカードの内側には、「大好きなママ、母の日おめでとう」というメッセージを手書きする。ここで私はつまずいた。母は「ママ」ではなくて「マー」なのだ。私にとっての母はベンガル語の「マー」であり、母もそう呼ばれて返事をした。その言葉を使ってしまってよいものか。さりとて英語で間に合わせたくもない。「ママ」では外国語っぽくて、母を遠ざけてしまいそうだし、母だっていやだろう。

それで結局どう書いたのだったか、もう思い出せなくなっているのだが、そんなことがあった記憶は、いまでも心の中に生々しい。二〇二一年になった現在、あのジレンマを思い返すと、翻訳のみならず自分の文章を書く場合でも、ほとんど事情は変わらないような気がする。二つの言語で育った私は、その一つたる英語で作文ができるようになった段階から、翻訳とは人生の中心にあって複雑な役割を果たすものであることを、すでに直感していた。また中心にあって複雑と言えば、私の作家人生において母が果たすことになった役割もそうだった。母は題材にもインスピレーションにもなってくれた。

二〇〇〇年、つまり第一短篇集となった『停電の夜に』が刊行されてから翌年に、私は『フィールド』というオンライン雑誌に、"To Heaven Without Dying"(「生きたままの昇天」)と題したエッセイを書いた。いまだ作家としては駆け出しで、そもそも作家になったことに気持ちが追いついていなかった。そのエッセイで私は、創作の経緯を語らせてもらう初めての機会として、「二つに割れた言語世界」に生まれたという自意識を述べた。すなわち英語で書くということは、すでに一種の翻訳として文化を移植しているのであって、所収した何篇かは「インドを翻訳したもの」であるということだ。私の頭の中にはベンガル語を話す人たちがいて、その物語を私が英語で書くとしたら、やむを得ない虚構として英語をしゃべる人間にすり替えている。このエッセイの最後は、いささか芝居がかっていたが、「我訳《われ》す。ゆえに我あり」と結んだ。

あれから二十年を超えて、そのように言ったことの意味は強まるばかりだ。あえて昔の発言を引用したのは、本書が翻訳論であることを予告するほかに、私は物心ついてからずっと翻訳について考えて生きてきた人間だと言いたいからである。あの初期のエッセイに書いた通りで、英語の作家になるということは、また翻訳家になるということでもあった。しかし、順序を言えば、作家より前から翻訳家だったのであって、その逆ではない。大学院時代に修士論文を書く都合で、ベンガル語の大作家アシャプルナ・デヴィの短篇をいくつか訳したことがある。その際、母が朗読をしてくれたので、おおいに助かった。その声をカセットに録音し、再生して、作業をした。

私はベンガル語を話したり聞いたりすることはできるが、文字からの解釈にはやや難がある。そこで自家製のオーディオブックが役に立った。さらに前の学部時代には、ラテン語、古代ギリシャ語を履修していて、テキストが読める程度に文法を覚えると、読むことと訳すことが一つの経験に合体した。そういう読み方、つまり二段構えに作用して能動性の強い読み方をすることが、いまも私にとっては大原則になっている。ただ私は、もっと昔から、およそ読むことができるようになる以前から、翻訳をしていたとも言えるのだ。暮らしの中には、英語とベンガル語が同時に存在した。それを自分のために、人のために、いつも相互に通じさせようとしていた。

本書には、この七年ほど、私が翻訳について考えて書いたことをまとめた。これはプリンストン大学で創作と翻訳の授業をするようになった時期である。プリンストンに来るまではローマに住んでいて、そこでは私の言語風景が劇的に変化し、イタリア語が群島の中の新しい島のように迫っていた。オウィディウスが『変身物語』で使った表現で言うなら、「深い海にもぐっていたものが、いまや連山となって現れ、キクラデス諸島が数を増したように、続々と海に出ている」のだった。

イタリアに住んだ私は、イタリア語による執筆を始めて、その経験を *In altre parole*《インアルトレ パローレ》（『べつの言葉で』）という本に記した。初めてイタリア語で書いた一冊である。のちに英訳され、*In Other Words* という題名になった。本書の第一章（「なぜイタリア語なのか」）は、この作品への終章《コーダ》のようなものだが、また新たな出発点でもあって、なぜ私が英語の作家になって四冊の本を書いたあとで、わざわざイタリア語に転じたのかという基本問題を、さらに掘り下げて考えようとする。『べつの言葉で』を英訳したのは私ではない。当時の私は全力でイタリア語を書こうとしていて、誰かを、いわんや私自身を、最もよく知った言語に訳すことは考えていなかった。

ところが二〇一五年になって状況が一変した。ローマを離れ、プリンストン大学で教える立場になったのだ。すると即座に、本能的に、翻訳の世界に引き寄せられた。多言語にどっぷり浸れる環境で、ここに居場所があると感じた。第四章「エコー礼讃」は、研究休暇でローマに戻っていた二〇一九年に書いたもので、私が初めて文芸翻訳の演習を担当したプリンストンでの経験がもとになっている。こうして、いざ文学作品の翻訳について教えようとしていたら、私自身が正真正銘の翻訳家になった。ローマで知り合っていた作家ドメニコ・スタルノーネに*Lacci*《ラッチ》という小説があり、その英訳を私が引き受けたのである。

これは『靴ひも』という題名になった。次いで*Scherzetto*《スケルツェット》（『トリック』）、および*Confidenza*《コンフィデンツァ》（『トラスト』）の英訳も行なっている。いずれもスタルノーネの作品で、それぞれを訳しながら考えたことも本書に収めた。三冊ともプリンストンに着任してからの英訳である。もう一つ、同時期に思い立った企画として、ペンギン版『イタリア短篇小説選集』の編纂がある。それまでに私が見つけて、プリンストンの学生にも（英語で）読んでもらいたいと思ったイタリアの短篇作家は多いのだが、その翻訳としての出来には、私から見て不満があったり、あまりに古くなっていたり、そもそも訳されていなかったり、という事情があった。そこで作業に取りかかってみると、収録する作家の何人かは翻訳家をも兼ねていた。前世紀のイタリアでは、多くの作家が時間とエネルギーをつぎ込んで、翻訳という文芸を実践し向上させようとしたのだった。これは原作から学ぼうとしただけではなく、言語文化の境界を開放し、そのままでは世に知られない作品を知らしめる、という美学的および政策的な基本任務の遂行である。そんな作家・翻訳家の仕事ぶりを見ながら、私自身、思うところがあった。私の創作活動に転換点があって、いまでは翻訳家を兼ねる作家の一人だと言えるなら、これは喜ばしいことなのだ。

さて、プリンストンに来てから、スタルノーネなどイタリアの作家を訳すことのほかに、まるで要領がわからず、また疑義があるとさえ言われかねない行為への引力が働いた。自作の翻訳である。じつはイタリア語で書き出した当初に、ちょっとだけ手をつけたことはあったのだが、思いがけず、英語がうなりを上げて嚙みついてきたような感覚があって、すぐに手を引っ込めていた。だが二〇一七年になって、その恐怖心を脇に押しのけ、イタリア語で書いた短篇"Il《イル》 confine《コンフィーネ》"を、「境界（"The Boundary"）」という題で英訳した。[1] そこから道が開けて、*Dove*《ドヴェ》 *mi*《ミ》 *trovo*《トローヴォ》（『わたしのいるところ』）の英訳にもいたっている。これは私がイタリア語で書いた小説で、英語では *Whereabouts* というタイトルになった。しかし、だからといって、また同じように自作を訳すかどうかわからない。おもしろくないとは言わないが、難しい仕事になる。ともあれ本書の第六章「私がいるところ」では、少なくとも一つの事例として、自身の翻訳という作業を点検し、ときに立ち止まって、"original"（原作である）、"authentic"（本物である）、"authorship"（誰が書いたかということ）のような語を再検討している。

いまの私は、異なる言語の狭間に生きて、読んで、考えて、書いていた作家の系譜に引き寄せられる。アリストテレス、グラムシ、カルヴィーノのような誰を読んでも、翻訳というテーマが浮上して最大の関心事になる。もはや私にとって経験則の鍵になるのが翻訳だ。今回、エッセイ集としてまとめた一冊は、たとえて言うなら、このところ私の頭の中にいる何人かの作家を招いたカジュアルなディナーパーティのようなもので、そのテーブルの真ん中に、でんと翻訳が載っている。各エッセイの最後には、初出時に私がどこで書いたのかわかるように注記した。そもそも二つの言語から生じた産物なのであって、それをプリンストン、ローマという地理的には離れた場所で執筆した、という但し書きである。十篇のうち三篇はイタリア語で書いた。そのほかは英語とイタリア語のハイブリッドな草稿から書き直して、英語の完成版に変換した。イタリア語だった三篇、すなわち「なぜイタリア語なのか」「リングア／ランゲージ」「外国でのカルヴィーノ」については、私が自分で訳したものもあるが、ほかの訳者があらかた済ませていて、私がちょいちょいと微調整したものもある。

　また、イタリア語に通じた読者のために、カルヴィーノに関するエッセイを原文のまま、および「私がいるところ」のドメニコ・スタルノーネによるイタリア語訳を、巻末の付録という形で添えておく[2]〔イタリア語でのエッセイは、その内容が本文と重複するので日本語版では省略した〕。本書は、その全体を通して、イタリア語で書くということ、また私自身を英語に訳すこと、訳されることを語ろうとしている。そこで同じ文章の異なるヴァージョンが併載してあれば、一人の英語作家がイタリア語に移住して、また英語に戻っていく経過を、実例として示すことになるだろう。なお英語のエッセイの中では、とくに断らないかぎり、訳文は私のものである。

　エッセイをならべる順序については、いろいろ考えた末に、書いた順でよいと判断した。そこに物語があると思っていただければありがたい。言語や翻訳に関する私の思考が、一つの企画ごとに、どのように進行していったのか、また結果として、創作、自己、知性をめぐる見方が、どう変わっていかざるを得なかったのか、そんなことが読者に伝わればよいと思う。こうして時系列にならべてみると、自分のたどった経過が見てとれる。ずいぶんと急速に、急激に、変われば変わるものらしい。「なぜイタリア語なのか」を書いた時点では、まだイタリア語から英語への翻訳を手がけていなかった。「外国でのカルヴィーノ」の頃になると、そのカルヴィーノも含めて数人のイタリア作家を訳していて、私自身のイタリア語作品を英訳したこともあった。

　この七年間、私が考えてきたことについては、先行する研究に負うところが大きい。翻訳の理論と実践には、すでに多くの論考が書かれている。そういうものを私も読書の糧として刺激を受けるようになった。いまは翻訳を教えるという立場でもあるので、この奥深いテーマに関わる文献をテキストに指定して、教室で学生たちと発見や分析をすることがある。本書では、そのような多くの翻訳論を直接に取り上げていないが、参考文献として紹介し、どれだけ私が裨益《ひえき》されたかという感謝に代える。おそらく読者にとっても、翻訳研究の大きな文脈の中で、本書がどういう位置にあるのかを知る手がかりになるだろう〔参考文献は、関心のある読者のために、ネット上で閲覧できるようにしている〕。

　最後の「あとがき」では、この一冊を閉じると同時に、新しいドア――じつは古いドアでもある――を開けて、現在進行中の話をする。プリンストンの同僚で古典学科教授のイレーナ・バラーズと共同して、オウィディウスの『変身物語』をラテン語から英訳する企画である。さきほど引用した作品だが、あとで何度も触れることになるだろう。この偉大なる叙事詩は、私には翻訳世界の太陽である。翻訳とは、何をして、どんな意味があって、どういうものなのか、これほど強力に照らし出すテキストを、私はほかに知らない。これが基準点になっていてくれないと、私から見る人生、言語、文学は真っ暗になるだろう。

　翻訳をするようになって、書くという行為との関係も変わった。新しい言葉をどう使うのか、いままでにない文体をどう実験するのか、思いきったリスクをとるのか、文の構成・構造にはどういう違った方法があるのか。そんなことを翻訳に教えられる。もちろん、ただ読んでいるだけでも、わかることはわかるのだが、しかし翻訳をすると、その効果は皮下に浸透し、体内を揺るがして、まったく予想外に、目の前が開けたように、新しい答えが見えてくる。翻訳に基づく新しいリズム、アプローチから、自身の作品を構想、執筆する場合にも、異花受粉したような結実がある。翻訳では言語への集中が欠かせない。そのことが文章を新しい方向にも、さらなる高精度の次元にも進ませる。二〇二一年には、イタリア語で *Il*《イル》 *quaderno*《クアデルノ》 *di*《ディ》 *Nerina*《ネリーナ》（『思い出すこと』）を刊行した。これは詩と散文を組み合わせた作品である[3]。翻訳があってこそ、イタリア語との付き合いが徹底したので、さもなくば私が詩を書くこともなかったろう。英語では詩を書いたりしていないのだから、こうまで変わるのかという驚きがあった。

今回の一冊をまとめたのは、この七年で私が翻訳家になったからでもあるが、また私はずっと昔から翻訳をしていたのだと再確認する意味もあった。作家と翻訳家を兼ねることは、「ある」と「なる」の双方に価値を見ることだ。つまり、何語で書くにせよ、作家が書いたものは、そのようで「ある」のが普通だろう。だが翻訳の力で押されれば、そうでないものに「なる」。ずっと長いこと私なりに求めてきた文学との対話が、翻訳のおかげで——一つのテキストが別のものになるということがあって——なお全体に補強され、調和がとれて、さまざまな可能性に富んできたような気がする。

翻訳と真剣に関わるまでは、私の作家としての生活に、どこか欠けたものがあった。いまはもう翻訳仕事をしないことが考えられない。それは自分の文章を書かないことが——書こうとは思わないことが——考えられないのと同じである。書く、訳す、という二つは同じ行為の両面、一つのコインの裏表だ。あるいは二つのストロークだろうか。二つに分かれていながら、力を合わせるストロークとなって、もっと遠く、もっと深く、この不思議な言語世界を泳いでいける。

1 「ニューヨーカー」二〇一八年一月二九日

2 スタルノーネからは、『停電の夜に』のアメリカでの最新版に、イタリア語で序文が寄せられた。それを私が英訳したので、いまでは相互に翻訳と解釈を行なっていることになる。

3 まだ英語への転生は遂げていない。とりあえず『ネリーナのノート』という仮題にしておこう。

1　なぜイタリア語なのか

私がローマに移ったのは二〇一二年で、それから「なぜ」という疑問への対処を考えることになった。以前には、イタリアに住んだわけでもないのに、ずっと何年も、遠くからイタリア語の勉強をしていた。これを毎日話したい、現地の言葉に飛び込みたい、新しい人々や文化に出会いたい。そう思って引っ越した。いざ到着して、なるべくイタリア語でものを言おうと思ったのだが、まずたいてい私が口を開けば、「どうして、こっちの言葉を？」と同じことを聞かれた。どうにか説明しようとして、イタリア語が好きだから勉強したので、この言語に関わっていたいだけなのだと言った。ニューヨークで個人レッスンを受けたおかげで基礎のイタリア語はわかるとも言った。しかし、実利的には必要がなく、とくに縁故があるわけでも（家族にも、個人にも、職業としても）ないのだから、たいして説得力はなかった。――あなたはインド系で、ロンドン生まれのアメリカ育ち。英語で本を書くのだから、イタリア語なんて関係ないでしょう……というようなことを言われる。さらに説明しようとするほどに、私がローマで出会った人々は、おもしろがって、きょとんとした顔にもなって、また言った。――でも、どうして？

私がイタリア語を話すのは予想外だったのだろう。だが、私としても、こうまで不審に思われることを予想していなかった。その質問に無理はないのかもしれないが、問われる者は、いささか身構えてしまう。私からも問いたくなった。なぜ弁解しなければいけないのか。

しかし本当のところ、私が説明しきれなかったのは、私自身があまり考えていなかったからなのだ。イタリア語に没頭しながら、とくに変わったことをしているとは思っていなかった。イタリアに来るまでは、あえて考えもせず、「なぜ」よりも「どうしたら」に関心を向けていた。どうしたらイタリア語をうまく話せるだろう、どうしたら自分のものにできるだろう――。

なぜイタリア語なのか、と自問するようになったのは、ローマに来てからのことだ。その答えを、人に対して、また自分にも、はっきり出しておこうとして、*In altre parole*（『べつの言葉で』）という本を書いた。私には本当の意味で母語がない。そういう作家なのだという認識から、この本は生じた。言語的には孤児である感覚、とも言えるだろう。ところが、それをイタリア語で書いたあとで、さらに事態は混乱した。

まずイタリア語で出版されて、それから英語版も出た。ところが、なぜイタリア語かという問いに答えるはずが、かえって何度でも、待ったなしに、その問いを突きつけられることになった。友人、記者、作家、読者、編集者、またイタリア人、アメリカ人、誰からも、同じ質問が発せられた。それで新たな認識も得た。つまり、ある言語を学ぼうとすると、感心されて、立派な行為とさえ見なされるのだが、ある言語で書こうとすると、まるで話が違ってくる。そんな大それたことをして、裏切って、道に外れて、と思う人もいるらしい。私がしたことは――いきなり英語から距離を置いて、イタリア語にのめり込んだのだが――ややもすると抵抗を受け、用心されて、疑念を抱かれる。

どうして思い立ったのか。何のつもりで、どんな含みがあったのか。誰もがそんなことを思うようで、ずばりと聞いてくる人もいる。なぜイタリア語なのか。たとえばインドの言語なら、もっと近縁で、あなたらしいのではないか――。

あっさり言えば、イタリア語で書くのは、解放感を求めてのことである。その答えに変わりはない。だが著者としての講演やインタビューのような公開の場で語ろうとすると、この自由について、弁護、弁解するように追い込まれる気がする。キーとなるものを提示して、明らかに返答せよ、と迫られる。

もし『べつの言葉で』という一冊にキーを求めるなら、その本自体がキーである。一つの比喩表現《メタファー》から始めて、その次、また次、と続けていった。私自身がそういう比喩で考えていたということだが、少しずつ頑張ったイタリア語の学習について、たとえば湖を渡る、壁を越える、海をさぐる、ようなものだと書いた。あるいは森、橋、子供、愛人、セーター、建物、三角形――などと最後まで「ようなもの」を続けて、それでも「なぜイタリア語なのか」わかってもらえないとしたら、筆者が至らなかったということだ。

ともかくイタリア語で書き上げたので、もう一度やってみようと思った。とくに探そうとはしないのに、さらに思いつくメタファーもあった。

同書の刊行が近くなって、いずれ討論会でもあるだろうと準備をしていたら、新しいメタファーが三つ出てきた。これなら役に立つ、いろいろ考えさせる、という計算があった。できることなら、『べつの言葉で』に三つの章を追加したかったくらいだ。いま書いているエッセイも、いわば番外篇のエピローグと思っていただいてよい。

この三つは、すべてイタリア語での読書経験がもとになっている。ある二人の作家のおかげということで、どちらも私にとっては思考の基準点のような位置を占める。一人は物故されていて、イタリア国外ではあまり知られていない。もう一人は世界的に有名だが、現在まで正体が不明である。その前者を私はローマに来てから発見した。後者はイタリアに移る前に、すでにアメリカで読んでいた。二人ともイタリアの女性作家だが、それぞれの文体は明らかに違う。すなわちラッラ・ロマーノと、エレナ・フェッランテ。

ラッラ・ロマーノについては、イタリアに来るまで聞いたこともなかった。その名前を知ったのは、『ラ・スタンパ』紙に載った記事のおかげである。筆者はパオロ・ディ・パオロ。イタリアの書店でもなかなか本が見つからなかったのだが、パオロ・ディ・パオロの仲介により、ロマーノの二度目の夫だったアントニオ・リアとの縁ができて、どっさりと本を送っていただけることになった。

それで立て続けに読んでいった。*Nei*《ネイ》 *mari*《マーリ》 *estremi*《エストレーミ》（最果ての海）、*Maria*（マリア）、*Inseparabile*《インセパラービレ》（不離）、*L'ospite*《ロスピテ》（客）、*Le*《レ》 *parole*《パローレ》 *tra*《トラ》 *noi*《ノイ》 *leggere*《レッジェーレ》（『親と子の語らい』）。彼女の文章には緊張と思索と悲哀がある。その独特の力に、がつんと衝撃を受けた。感傷をそぎ落とした文体に引きつけられ、各文・各章が無駄なく締まって、言語が精製されていることに感嘆した。

いよいよ『べつの言葉で』を演題にする機会があって、そのヴェニスでの催しを控えた前の晩に、私は*Le*《レ》 *metamorfosi*《メタモルフォジ》（変身）を読んでいた。散文としてはロマーノの第一作（一九五一年）である。この本が話しかけてくるようだった。その題名になった語は、私も『べつの言葉で』の章タイトルとして、またメタファーとしても使った。ロマーノの『変身』は、いくつかの夢の連続として構成されている。著者にとって確実に転換点となった作品であり、彼女が絵画から著作に——ある創作方法から別のものに——転じていった過程がうかがえる。これもまた私の心に響いた。その第四部の最後では、"Le porte《レ　ポルテ》"（「ドア」）という夢が語られる。該当する箇所をそっくり引用させてもらうと——

まだ閉じていないドアが、もう閉まりかけている。大きく重そうな扉が、ゆっくり合わさっていく。私は駆けていって、どうにか通れる。一つ抜けると、また一つ、似たようなドアがある。ここも閉まりそうだが、また駆けていって、また通れる。その先にも、そのまた先にもドアがある。急がないと間に合わない。とはいえ、まだ閉まっていないのだから、どこも通れると思いたい。でも駆けてばかりで、だんだん疲れて、もう力が抜けそうだ。いつまでも、一つまた一つと、そっくりのドアが現れる。ここも通っていけるのだが、だからどうなるものでもない。ドアを抜ければドアがある。

これは実存に問いかける悪夢だろう。行く手におぞましき難関が続くという物語だ。試練の道に、わけのわからない徒労感がある。失望、焦燥、そして敗北。まだドアがあるということは、まだ頑張るしかないということだ。その行程に終わりはない。どこまで行っても外で待たされるのは苦しい。煉獄に留め置かれるようなもの。

この段落——その夢——を読んだ私は、イタリア語にたどり着こうとした興奮と苦悶の道を、つくづく思い出してしまった。初めてイタリア語に飛び込んで、この言語を愛するようになって以来、もう二十年以上も、私は必死になって次々にドアを開けようとしていた。一つ開ければ、また一つ。これに立ち向かって、やっと通り抜けていくほどに、また何度もドアが出て、また開けようと取り組んだ。外国語の学習とはそのようなものだ。漸近線の軌道をたどって、どこまでも近づくのだが届かない。

外国語をマスターするとしたら、二つの大きなドアを開けなくてはならない。まず「わかる」こと。それから「話す」こと。ただし、その間に、もっと小さなドアがいくつもあって、どれも放ってはおけない。構文、文法、語彙、ニュアンス、発音。この段階になって、ある程度マスターした気になれる。だが私は三番目の大きなドアを開けようとした。つまり「書く」ということ。勉強するにつれて、「わかる」ドアが少しずつ開いていく。また「話す」ドアも、外国人らしいアクセントや、ちらほら出てくる発音ミスは仕方ないとして、どうにかこうにか開いていってくれる。だが「書く」ドアは最強の難関で、わずかに開いたままである。私がイタリア語で考えて書こうとしたのは四十五歳になってからのことなので、ドアをたたく時期としてはかなり遅くなっていた。ぎぎっと少しだけ音がする。私を迎えてくれるようでいて、いつ開こうとするのか、しないのか、わからない。

イタリア語で書こうとすればするほど、ますます混乱はひどくなり、身についた英語と、これからのドアとの中間で、どっちつかずに浮いたようになる。そして私の場合には、英語とイタリア語のどちらにも距離があることを、まず認めなければならない。この次のドアは、もう釘付けで閉じたきりではないかと不安になることもある。ほかの言語で書こうとしていると、つらい思いをした過去がよみがえる。二つの世界の中間。どっちからも外側の、孤独感、疎外感。
『べつの言葉で』の中では、私もドアの話をしている。初めてローマに住んだアパートで、ある晩、というのはローマで二日目の晩だったが、外から帰ったら、なぜかドアが開かなくなっていた。わけのわからない突発事で、わかりやすい悪夢だったのかもしれないが、その意味が充分にわかったのは、もう少しあとになってからだ。

　ドアというものには二重性があって、相反する役割を持っている。つまり障壁にもなるが、また入口にもなる。どのドアも先へ進みなさいと言っている。一つ抜けるたびに、新しい発見があり、挑戦があり、可能性がある。イタリア語だと「ドア」は“porta《ポルタ》”だが、その語源は「運ぶ」という動詞の“portare《ポルターレ》”にある。これはすごいことだろう。この動詞が「持ち上げる（“sollevare《ソッレヴァーレ》”）」意味にもなるのは、「牛に犂《すき》を牽かせて市域を定めたロムルスが、門（“porte”）を建てる箇所の壁を高くしたからである」[1]。ドアそのものは一個の無機物にすぎないが、その語根には力強い行動性がある。

　大人になってからの外国語は、かなりの大仕事になる。それでも私が何度も開けたイタリア語のドアは、大きく広がって、すばらしい展望を見せてくれた。イタリア語は私の人生を変えたのだが、ただ変えたのではなく、もう一つ、特別な人生をもたらしていたのだった。

　イタリア語で読んで書いて生きていると、心の働きが良くなって、好奇心も旺盛に、読んで書いて生きられる気がする。たった一つの単語でも、初めて出会って、意味を知って、ノートに記録すると、それが一つの小さなドアになる。その際、イタリア語の辞書が、通路として役に立つ。私が本を読み、少しずつ書いて、文章に仕上げれば、そのたびごとに、これもドアなのだと思う。

イタリアの友人と話をして、自分が言いたいことを言おうとするのも、その毎回がドアである。私が見るところ、イタリア語は、締め出すよりも、入れてくれようとするドアらしい。そうでなかったら、『べつの言葉で』という一冊を書くことはできなかったろう。それだけは確かなのだが、一方で、イタリア語で書いていて、開けてはいけないドアをこじ開けたのではないかと思うこともある。この新しい言語のせいで、私は盗賊になったらしい。おかしな話だが、「どうして、わたしたちの言葉がわかって、話して、書いているのですか」という質問があると、そんな気にさせられる。「わたしたちの」という所有格の用法に、だったらイタリア語は私のものではないという、あたりまえだが痛恨の事実を突きつけられたように感じる。イタリア語で本を書いて出版する段階になると、さらにまた一連のドアを開けていくことになった。最終稿を仕上げるまでの作業として、多くの方々に相談し、修正していったのだが、その一人ずつが私にとってはドアだった。「こんな構文で、用法で、連語で大丈夫でしょうか」と質問させてもらった。これはつまり、「私とイタリア語の間にある境界線を越えてよろしいでしょうか、そっちに行ってもいいですか」と言っていたようなものだ。

本が出版されてしまえば、今度は読者がドアとして私の前に立つ。だが読もうとして本の扉を開けるのは読者だ。私が書いた言葉を受け入れて、歓迎してくれるかもしれない。そうでないかもしれない。どんな本にとっても、そういう不安定な運命はあたりまえのことで、むしろ当然なのだろう。どの言語で書かれようと、出版された一冊は、その運命の入口に立つ。読むということは、文字通りには本を開くことだが、また同時に、自身のどこかを開くことでもある。

私はドアのない世界で生きたいとも、書きたいとも、思わない。無条件に開いていて、苦もなく通れる空間には、何の刺激も感じない。どこも開けっ放しで、秘密がなくて、およそ未知のものが存在しないとしたならば、そんな風景には意味も魅力もあるまい。

＊＊＊

では、第二のメタファーの話に移ろう。やはりラッラ・ロマーノのおかげで思いついたのだが、これは彼女の第一作ではなく、最後の作品からである。その*Diario ultimo*《ディアーリオ ウルティモ》（最後の日記）は、晩年に書かれた随想、回想をまとめて、死後に出版された。もう失明に近づいていた著者が、大判の白紙に、ほとんど判読しがたい筆跡で書き込んだという。そのように書かれた本があることも、また彼女の失明についても、私はまったく知らなかったが、著者が住んでいたミラノの家で、アントニオ・リアからのご恵贈にあずかった。ロマーノがいた居間に坐って、その蔵書、絵画に囲まれた私は、彼女が視力を失いそうになりながら、なお一冊を書き上げたと知って、また彼女に近づいたような気がした。

細やかな断章というべき性質の作品が、一つの強力な証言になっている。言葉によって自己を表現し確認するという作業はどれだけ必要なことなのか、そして境界線を越えたい欲求はどれだけ抑えがたいのか、しっかりと語ってくれるのだ。もう目の見えなくなりそうなロマーノが、かえって宝石のように透明な文章を書いている。視力は衰弱するとしても、その観察眼は精緻な光を失わない。

新しい言語で書こうとすれば失明するのも同然であることは、とうに私にもわかっていた。書くというのは、すなわち世界を見てとって思い描くことであるからだ。いまの私はイタリア語でものが見えるようになっているが、もちろん視力は不十分だ。まだ薄暗がりで手さぐりしている。私もまた、おぼつかない手で書いている。

だが、ロマーノの最後の作品からは、見えないことが新しい展望をもたらすのだと気づかされる。それまでの私は、イタリア語が不自由であることを、読者にも私自身にも、どこかで弁解したくなっていた。ところがロマーノに目を開かされた。

「ほとんど見えない＝一つの視点」

なるほど、そう考えればよいのだ。私がイタリア語で書こうとして、その釈明をしなければならないように思ってから、ずっと求めていた答えがここにあった。まるで公式か定理のような簡潔な言い方が、私の胸にすとんと落ちて、よいことを教わったと思える。すべてがくっきり見えなくても、それで世界に違った光が射すこともあるのだった。もどかしいようでいて、案外、もののごとの本質に迫るのかもしれない。

さらにロマーノは、「見えないことは考えることを妨げず、むしろ刺激になる」と言う。これにも同感だ。また私にも「書くものが見えていない」。いまでも私は、『べつの言葉で』にも書いたとおりで、自分がイタリア語で書いた文章を評価しきれない。つまり書いた結果がよく見えない。それでいて見えないからこそ油断なく鋭敏になっている。もちろん自然に身についたのではなく、すべて苦労と引き換えだ。ロマーノは「余白には可能性がある」と書く。これも私にはよくわかる。

ただ、逆のことを言えば、英語であっても私には見えないものがある。見えすぎて見えないのだ。ある言語に習熟して、器用に、容易に、使えているとしたら、そういうことになりかねない。つい安心して、受け身になり、怠けたりもする。英語で書いていると、イタリア語のような緊張がない。ほとんど一語ごとに調べて、調べ直す、という手間をかけずに書けてしまう。

もちろん、はっきり区別しておけば、ローマ—ノは実際に視力を失ったのであって、私の場合は比喩にとどまる。あくまで創作上の戦略、利便として言っていられる。彼女の視覚障害は悪化する一方だったのだが、私は時間とともに経験を積んで、だんだん見えるようになってきた。

私は、まずイタリア語で書こうとして、視力が限られていることを隠すまでもないと思った。無難に仕上げた文章で、ありもしない視力があるように見せかけたくはなかった。そうしたいなら、ずっと英語で書いていればよかったのだ。たどたどしいイタリア語に、いらだつ読者がいることはわかっていた。充分に使いこなせない言語でものを言うのだから、聞いていてじれったくもなるだろう。では、なぜイタリア語なのか——。もう一組の目を発達させるため、いまだ弱いところで実験をするため、である。

＊＊＊

最後にもう一つ挙げたいメタファーは、エレナ・フェッランテの *La*《ラ》 *figlia*《フィリア》 *oscura*《オスクーラ》（『失われた女の子』）を読んでいて見つけた。彼女の小説としては第三作、二〇〇六年の刊行である。私としては早い段階、つまりイタリアへ移る前から、イタリア語の原書で読むようになった作家で、この人の書くものはわかると思っていた。当時、イタリア国外では、ほとんど知られず、読まれてもいなかったが、その率直かつ強力な語りの声、意外なテーマ、女性キャラクターに、私は感銘を受けていた。使っている語彙もみごとなもので、これを読んでいれば、私も言葉を覚えていけるかもしれないと思った。

　ところどころに下線を引きながら読んでいって、その中に“innesto”《インネスト》という語があった。「接ぎ木」である。この短めの小説で、主人公は二人の娘がいる母親だが、親子の関係は複雑で、何かと葛藤がある。この母親は、いったん娘を捨ててから、また戻ってくるものの、どうも娘を見ていると違和感を覚える。遺伝的に不自然ではないかと思うのだ。いくらか引用すると――

> 自分では長所だと思うものでも、それを娘の中に見ると、どこかおかしいという気がした。せっかく受け継いだ形質を、娘らは扱いかねているらしい。よいものを移植したはずが、下手な接ぎ木のようになっている。これでは紛いものだ。もう腹が立って、情けなかった。

　これを読んでいて、“innesto”の意味におおよその見当はついたが、念のため辞書で調べた。もちろん英語の“graft”は知っていたけれども、これに対応するイタリア語を知らなかった。もしフェッランテの小説に見つけたのでなかったら、これほど感心することもなかったろう。彼女が言う「接ぎ木」は、その失敗例である。どこかで間違って、うまく接がれなかった。これを『べつの言葉で』に追加すべき最後のメタファーとする。おそらく応用範囲も広いだろう。

この「接ぎ木」という概念について、まず本来の意義、含意を確かめておきたい。

園芸の用語である。増殖の一方法であって、よく実らせる、新種を得る、という目的で施される。いままでにないもの、ハイブリッドなものがもたらされ、また成長過程での弱点を修正することもできる。つまり、品種を改良して、病害に強くする。

木を接ぐというのは、差し込むことだ。ある木の一部を、ほかの台木に導入する。うまく活着させるとしたら、二つの植物体に親和性がないといけない。しっかりと接合、結合、融合させる。一つのものを別のものにつなぐ。

また移植であるからには、どこかを切って、どこかへ行かせなければならない。それで魔法のような変身が出てくれば上出来だ。

この「接ぎ木」は、心理、政略、創造のニュアンスをたっぷり含んだ大変な言葉であって、私のイタリア語での実験を、うまく表現してくれる。

私がイタリア語で書こうと決めたのは、ただの思いつきのようでいて、そうではない。私の人生が接ぎ木だったのだ。それを繰り返すように生きていた。

移民の子だった私は、そもそも接ぎ木から生じた結果である。地理的にも文化的にも危なっかしく接がれた。そして作家になってからずっと、このテーマ、経験、トラウマをめぐって書いてきた。私が世界を読めば、そのようになる。接ぎ木を考えると、私のことがよくわかる。イタリア語で書くようになった現在では、もう接ぎ木そのものだ。

いまの私は、作家としての自分を、新しい言語に接ぎ木しようとしている。私とイタリア語にはまだ隙間があるので、もっと継ぎ合わす作業をしようと思って書いてきた。

それでも不安を拭えないのは、フェッランテの悩める母親像と同じだ。この接ぎ木がまずい結果に終わることだってあるだろう。

だが言語とは、たとえ外国語であっても、じっくりなじんでくるものだ。隙間がどうあれ、こちらの内部まで分け入って、肉体にも精神にも結びつく。脳に根を張って、口から出る。いつしか心に宿っている。私が接ぎ木になったので、新しい言語が体内を循環し、私の中に新しい思考が流れ込む。

この言葉によって私は前に進める。しかしまた、それは私の過去、原点、軌跡を語るのでもある。イタリア語に旅立つ姿を見せながら、いままで英語で書いていた作品にも光を投げる。かつて私は、主人公が名前を変えるという話を、英語で書いた。そのほかにも、国を移す、現実を変える、という人の話を書き続けた。外国から来て、新しい言語を覚え、新しい社会のために働いて、溶け込もうとする。そういう人は、「接ぎ木」という語の生きた見本である。

この概念を手がかりに考えると、人類に共通の、ある衝動が見えてくる。人は誰しも、何かしら別のもの、より多くのものを求めたくなる。さがしに行きたくなる。住む町を、市民権を、身体を、顔を、ジェンダーを、家族を、宗教を変えることもできる。接ぎ木によって、出自までも違っていたことにできてしまう。いまの時代には、なおさらそうだ。

もちろん接ぎ木は自然界の現象だが、どこかに無理がある、まがいものである、と見る向きもあるだろう。こんなことをするのは（その対象が自身だとしても）、あやしげな人間だと思われるかもしれない。

前に進むためには――社会・文明が発展するには――養分の元になる土壌を変えることも大事

だ。かつて私は『見知らぬ場所』という短篇集の巻頭に、ナサニエル・ホーソーンの言葉を引用したが、それを再掲しておこう。「人間というものは一箇所に長続きしないようにできている。いわばジャガイモと同じことで、いつまでも連作していると土地が痩せて、育ちが悪くなるのである」というように、言葉も、人も、国も、すべて他者に接して、なじんで、混ざっていくから、新しい変化を遂げる。

イタリア語が私の言語でないことは、なお認めるしかない。いわば養子縁組をした言語であって、これを私は愛用しつつ、わがものとまでは言わない。だが、こうも考える。言語とは誰のものなのか。どうして、その人のものになるのか。家系で決まる？　習熟？　実用？　情緒？　愛着？　いや、詰まるところ、ある言語に帰属するとはどういうことか。

接ぎ木で生命が永らえる。だが、うまくいくまでには脆弱な段階があって、きわめて不安定である。下手をすると結果が出ない。苦い結果を味わうかもしれない。危険は常につきまとう。じっくり信じて待つしかない。きっとうまくいく、いずれ新しい枝が出る、と期待する。私について言えば、作家としても個人としても、自分の新品種を一つ育てたいと思っている。

こうしてイタリア語への接ぎ木をして、まだまだ心配は尽きていない。できるだけ接点の補強をする。だから毎日、辞書を読む。知らない単語をノートに書き出す。友人と話していて、わからない言葉が出ると聞き直す。イタリアとの接触を失うことがこわくなる。強度を保っていないと、接ぎ木が破断してしまうかもしれない。

いまなお私の内部では育成が進行中だ。そういう自意識がある。従来の生命と現在の生命が融合し、過去と未来が接続する。これで良いのか悪いのか、上手なのか下手なのか、ともかく接ぎ木は終わらない。

なぜイタリア語なのか。まとめて言えば、こういうことだ――ドアをいくつも開けていく、違った見方をする、私自身を接ぎ木する。

ローマ、二〇一五年

モリー・L・オブライエン訳（著者協力）

1　『語源辞典〔*Dizionario etimologico*〕』（ルスコーニ・リブリ社〔サンタルカンジェロ・ディ・ロマーニャ、二〇一二年〕）

2

容器

ドメニコ・スタルノーネ『靴ひも』の訳者序文

包み込む、解き放つ、というのは逆方向のインパルス。正と負の力関係で、それが相互に作用する――。ドメニコ・スタルノーネの『靴ひも』は、そんな小説である。イタリア語だと「含む」は“contenere《コンテネーレ》”で、これはラテン語の“continere”に由来する。「保持する」という意味だが、引き戻す、制圧する、限定する、制御することでもある。英語でも「含む（“contain”）」と言えば、怒り、喜び、好奇心を「抑える」意味で使える。

　容器とは、何かを格納するようにできている。中身があることもないこともある。入っているのか、いないのか、という意味では二重の特性を持っている。貴重品が入っていることも多い。秘密を宿しもする。外界から守ってくれる一方で、内側に閉じ込める、落とし込む、というものでもある。また理念としては、混乱に歯止めをかけて、散逸、消失を防ぐことになっている。『靴ひも』は、いわば容器だらけの小説だ。文字通りにも象徴的にも容器が出てくる。それでいて、あれもこれも失われる。

　登場人物は少ない。四人家族、隣人、舞台裏にとどまる愛人。および猫、警官、わずかな他人。

だが、いくつもの無生物が出てきて、この小説の錬金術における重要な役割を演じる。手紙を入れてふくらんだ封筒、空っぽのキューブ。また写真、辞書、靴ひも、家。こうした物体が何を表すのかというと、もちろん、さまざまに「包囲するもの」である。封筒は手紙を入れている。手紙には心の思いが包まれる。写真は時間を、家は家族を包んでいる。空っぽのキューブには、何でも好きなものを入れられる。辞書は言葉を包んでいる。靴ひも——これは原題 *Lacci* の意味そのもの——は、靴を引き締める作用をして、その中には足が包まれる。

そのような物体が開けられていくと——たとえば封筒の輪ゴムがはずされ、靴ひもが解かれると——この小説が発火する。パンドラの箱が開くように、それぞれの物体の中にあった痛烈な苦しみが放たれる。不満、屈辱、思慕、嫉妬、羨望、憤怒。

というように、この小説で繰り返されるテーマを「パンドラの箱」にたとえるなら、小説全体の構造、形態については、「入れ子細工」の箱のようだと考えたい。プロットにある一つの要素が、その次の要素に、きっちりと寸分の隙もなく入れ込まれる。どこにも穴がなく隙間もない。著者の観察力はいかなるディテールも見逃さず、あらゆるものが——この疾走する物語の中心にいる夫婦、アルドとヴァンダの家のように——ぴたりと収まっている。

しかし、これだけ気密性の高い構造でありながら、作品から受ける印象は正反対だ。『靴ひも』のページには、火山のようなエネルギーが噴いて、流れて、あふれ出る。この小説が扱おうとするのは、神聖視されるものを破壊しかねない狂暴な衝動である。もし社会、家族、思想、心理、身体のような、いわば構造であるものが崩壊したら、それでどうなってしまうのか。どうして人間はわざわざ構造を作り上げておいて、あとで嫌がり、避けたがり、取り壊したくなるのか。つまり人間が集団として太古から持っている秩序への欲求について、また同時に、やはり太古から抱いている閉じた空間への恐怖について、この作品は問いかけている。

入れ子細工の構造は、語りの手法として昔から存在するものだ。ある物語に別の物語が組み込まれる。たとえばトマージ・ディ・ランペドゥーサの短篇「ラ・シレーナ」、またメアリー・シェリーの『フランケンシュタイン』のような例がある。『靴ひも』は、この着想を取り入れながら、軽やかに遊んでみせる。全体に一つの長篇で、なお数篇に分かれる。たしかに各部がきれいに整列して、相互に呼応するのだが、それぞれ切り離されてもいる。三連作《トリプティク》の絵のようだとも読めるだろう。ただ私には、いくつもの箱を組み入れるイメージのほうが妥当かと思える。何度でも開けたり閉めたりする無限のゲーム感覚がある。

では、さらに話を進めて、この小説自体を「語りの容器」と考えよう。すでに私は「パンドラの箱」と言い、「入れ子構造」とも言った。しかしまた「手品の箱」でもあって、この魅惑の箱から、さまざまに出たり消えたりするものがある。ストーリーは転調するように飛び跳ねる。きわめて秩序立った小説なのだと、いま私は言ったばかりだが、しかし、もののみごとに混乱するのでもある。いくつかの視点が明瞭に出て、なお不分明にもなり、時間は前後に飛んで、拡張も収縮もする。着実に順路をたどるようでいて、思いきった省略もある。結果として、筋が通っていながら予測がつかず、自由自在に定型を離れている。

この箱を出入りして回遊できることが、スタルノーネの才能なのだ。容器に従うことがあれば、すり抜けることもある。いわば二股に繰り出される幻術があって、作品に平衡感も力感も出る。プロットは完璧に組まれていて、どこにも不満の残らない小説でありながら、とくに決まった結論があって終わるのではない。どこで終わるというのやら、もっと見えてくる場面がありそうで、いくらでも箱が出るようだと思っていると、ぶつっと切れるフィナーレに、読者は宙ぶらりんにされている。こんな仕掛けをしてのけるのは、最高度の技量を持った作家だけだろう。

　手品の箱というメタファーを考えると、ある中心テーマが見えてくる。『靴ひも』では、だまされる、裏切られる、ということが多いのだ。それが正体不明の詐欺師にだまされるのか、けしからん夫に裏切られるのか。心の錯覚であるのか、運命の気紛れによるのか、いずれにせよ人物たちは、ごまかされ、目をくらまされ、からかわれ、嘘をつかれる。この小説にあって、不倫とは、身体的にも精神的にも、どこかへ逸脱するということだ。家庭から踏み出し、夫婦の結束を破る。ただし、破って出たつもりでも、結局は、ほかの囲いの中に移っているだけでしかない。

　たとえ堅固な壁をめぐらして、この構造なら安心と思ったとしても、どこにも安全な場所はない。スタルノーネはそう言っているようだ。生命は容器に従わない。裏切って、こぼれ出る。ここで思い出すのがチェーザレ・パヴェーゼだ。その短篇“Suicidi《スイチーディ》”（「自殺」）の中で、彼は言う。“La《ラ》 vita《ヴィータ》 è《エ》 tutto《トゥット》 un《ウン》 tradimento《トラディメント》”（「人生すべて裏切りである」）。すなわち、時間に裏切られ、知っている人にも、知らない人にも裏切られる。生きて、老いて、いずれ死ぬのだから、自身を裏切ることにもなる。このパヴェーゼの観察を、スタルノーネがややこしくする（箱から出してしまう、と言ってもよい）。『靴ひも』では、どちらかというと、裏切りよりも、再発・再浮上する痛みに重点がある。どれだけ始末しようとしても、経験、感情、記憶というものは、それを包む、隠す、抑える、しまい込むことができない。夢の話が出てくるのも、この作品にはふさわしい。たっぷり豊かな忘れがたいイメージになっている。夢とは、立ち騒ぐ魂を包み込むものでも、解き放つものでもあるからだ。

この小説には、いくつものテーマが、ずっしり折り重なるように収まっている。その考察の対象となるのは、老齢、時間の経過、不健康、孤独。あるいは財産、遺伝、情緒など親から継承するもの。また結婚、子作り、子育て、愛についても語られる。愛は『靴ひも』の中でキーワードになって、問われ、考え直され、避けられ、大事にされ、そしられる。ヴァンダに言わせれば、愛とは「なんでも詰め込む」入れ物にすぎない。要するに、からっぽの容器であり、あとから何でも置ける仮の場所なのであって、どういう行動でも、選択でも、それが愛だとして正当化される。愛は慰めにもなるが、人をだますものでもある。

というように、『靴ひも』という小説は、大荒れの筋立てをたどって、視界は暗いかもしれないが、しかし誠実に、自由およびその帰結たる幸福を指向する。自由と幸福は、ありがたい立派なものなのか、あるいは罪深いと見なされるのか、いずれにせよ『靴ひも』にあって、この二つは一体になっている。それは激しい野性であって、飼い慣らされることも、押しとどめられることもない。また自由と幸福には代償があるということにも、『靴ひも』は冷静な目を向ける。ディオニュソス的な陶酔、忘我に対しては、それを祝いつつ咎めもする。また幸福であれば他者とつながる（自己の枠から踏み出す）ことも多いだろうが、ここでの幸福は、突き詰めて考えるなら、人物たちがひっそりと自分だけで味わうものになっている。

パンドラが開けた箱からは、世界に諸悪が放たれる。だが希望だけが中にとどまり、包まれた状態を保つ。『靴ひも』もまた、悩ましき辛口の小説でありながら、希望を失うことはない。たっぷり光を浴びて、みごとに優しい時間を含んでいる。叙情的にして、俊敏、活発。おおいに滑稽でもある。傑作と言うべきだろう。これほど希望をもたらしてくれるものはない。

＊＊＊

さて、この『靴ひも』の英訳者たる私も、大変な箱をこじ開けることになった。もう何年も、私はイタリア語という箱にさぐりを入れて、新しい自己認識をまとめようとしている。後生大事に抱える箱の中で、私とイタリア語との関係が、孵化して、進化する。これを清浄に保護しようと思って必死なのだ。

イタリアで『靴ひも』が出版されたのは、二〇一四年の秋である。これを読んで、私は恋に落ちた。もともとイタリア語を英語に訳そうと思ったことはなく、むしろ意識して避けていた。イタリア語にどっぷり浸かっていたのである。それまで私の表看板になっていた言語（英語）と国（アメリカ）から離脱して、喜んで亡命生活を送っていた。ところが『靴ひも』を読んだら、その衝撃に圧倒されて、いつか訳したいと思うようになった。

私が強く共感した人物はアルドである。私もまた逃げた人間だったからだ。私の場合はイタリアへ逃げた。イタリア語を逃げ場に、自由と幸福を求めて、それを見つけた。そしてアルドと同じく、しばらくは陶酔するような年月があったのちに、これでいいのかと思いながら、また帰っていくことにした。かつて住んだ町に舞い戻って、あえて離れたはずの言語に取り巻かれた。おおいに苦しんでの決断である。

私がアメリカに戻って、その翌月に、『靴ひも』は「ブリッジ賞」に選ばれた。毎年、現代イタリアの長篇あるいは短篇集に授与されて、当該作品が英語に訳される。また逆にアメリカ小説からも選ばれて、イタリア語に訳される。私は『靴ひも』を読み返して、あらためて感銘を受けた。ワシントンのイタリア大使館で催されたパネルディスカッションで、著者と同席する機会もあった。その後、著者自身から英訳を打診されるにおよんで、すぐに承知したのである。というわけで『靴ひも』が私の頭から去らなくなったのだが、これは私の人生でもとくに大変な一年と重なった。翻訳中のかなりの時期に、私は自宅の始末をして、それまでの集積をいくつもの箱に詰めようとしていたのである。

訳者としての私は、容器の外にとどまっている。原作となる小説は、ほかの作家の所産なのだから、そういうことになる。自分で作らなくてよいと思えば、それだけは気が楽だ。しかし、先行するテキストがあるのだから、勝手なことはできなくて、責任感は大きい。何も作らず、すべて正しくあらねばならない。ある言語において美しく育ったものを、ほかの言語に移植するという危ないことをするのだ。『靴ひも』を訳すにあたって、私はイタリア語とは距離を置こうと心がけた。すっかり愛するようになっていた言語を、今度ばかりは解体し、解消する。

スタルノーネの小説にあって、人生とは、読み返さなければ充分に経験できないものである。再読、再考、再訪されて、ようやくわかってくる。たとえば手紙、写真、辞書の言葉――。そして翻訳もまた、幾度となく振り返っては、テキストにある（どこがどう結びつくのかという）意味を見逃すまいと神経を研ぎすます。この小説でも、読むほどに発見するものがあった。

実際に訳そうとすると、イタリア語には、混乱した状態を述べる表現が、これだけ潤沢にそろっているのかと思った。それでメモしていくと、a soqquadro《ア ソックアードロ》, devastazione《デヴァスタツィオーネ》, caos《カオス》, disordine《ディゾルディネ》, sfasciato《スファッシャート》,

squinternato《スクィンテルナート》, divelto《ディヴェルト》, sfregiato《スフレジャート》, scempio《シェンピオ》, disastro《ディザストロ》, buttare《ブッターレ》 per《ペル》 aria《アリア》. といったような「混乱」だらけになっているのだが、ある一つの語が、これに立ち向かうように頻出する。すなわち“ordine《オルディネ》”(「秩序」)である。いつも脅威にさらされている、と言ってよいのかもしれない。「混乱」の語群によって、「秩序」がひたひたと包囲されている。

もう一つ、よく使われて目立っていたのが、“scontento《スコンテント》”という語だ。一応は「不満足」という意味だが、もっと強い語感があって、欲求不満、失望感、鬱憤などが混ぜこぜになっている。ほかにも、語根まで言えば違うのだろうが、音や見た目は似ていて、語幹のつながる動詞があった。やはり相関するような気がしてくる。たとえば“contenere《コンテネーレ》”(含む)と“contentare《コンテンターレ》”(満足させる)、“allacciare《アラッチャーレ》”(結ぶ、縛る)と“lasciare《ラッシャーレ》”(放っておく)。

前述のように、この小説の原題 *Lacci*《ラッチ》(ひも)は、とくに「靴ひも」のことである。それは著者自身が選んだという表紙のイラストにも出ている。ある男性らしき人物が、ひもを結んだ靴をはいている。だが左右の靴が結ばれてしまっているのだから、足を取られて進めないのはわかりきっている。男の表情は見えない。というより足以外の大部分が見えない。つんのめって転びそうになっている男に、おや、危ない、と思いつつ、笑ってしまうかもしれない。

ところが、イタリア語の“lacci”(ひも)は、「つなぎ止める、つかまえる」手段でもある。そのニュアンスとして、恋愛の結合も、力ずくの捕縛もある。もし両者にまたがる使い方をするなら、英語では「タイ(ties)」になるだろう。「レース(laces)」だとそうはいかない。そこで英訳名を *Ties* ということにしたら、英語の「ほどく《アンタイ》(untie)」と「むすぶ《ユナイト》(unite)」の関係もおもしろいと思った。『靴ひも』の中では拮抗する二つの作用である。

ひも《レース》がほどけたら、どういうことになるだろう。すでに論じたように、この小説全体が、むすぶ／ほどく、まとめる／ばらす、つくる／こわす、という行為の連続になっている。カール・オーヴェ・クナウスゴールは、「書くことは創造よりも破壊に関わる」と言った。たしかに一理あるとは思うが、しかし芸術とは何かしら独自の構造に収まっているものである。それしかない形式があってこそ、作品として成り立つ。

アメリカの友人で、やはりイタリア語からの翻訳をするマイケル・ムーアが見るところ、スタルノーネは――ナポリ方言で育った作家なので、イタリア語で書くことを訓練して、というだけならイタリアでは普通のことだが――まったく混じり気のないイタリア語を書くという、現代イタリアでは貴重な人である。イタリアの作家である友人たちに聞いても、文章に透明感があって、ニュアンスに富み、深い教養を感じさせるのがすばらしいと言う。私も同意見だ。スタルノーネのリズム感、語彙は、いかなる流行にもとらわれない。文体の変化は思いのまま。厳しく彫琢《ちょうたく》された文章は、また複雑になることもあって、そこに求心力がかかり、節《クローズ》が折りたたまれるような構文をとる。つまり文の構造としても入れ子の箱になる。それを翻訳するとしたら、いったん原文を壊して、英語になじむ形式に再構成せざるを得ないことが多かった。そういう文章に、古典文学、精神分析、物理法則を参照したような表現がふんだんに出てくる。この小説（スタルノーネの十三冊目）は、どのカテゴリー、ジャンルにも、ぴたりと収まるものではない。ひねった推理小説でも、間違いの喜劇でも、ホームドラマでも、悲劇でもある。性の革命、女性の解放、合理／非合理の衝動に対する鋭い論評にもなっている。きっちり整った立方体のように、どちらかへひっくり返すと、また違った側面が出る。

これを初めて読んだ私は、ある箇所に差しかかって、はたと立ち止まるような気がした。いまでも読み返すたびに、とくに感銘を受ける。作家が一人で書斎にいるのだが、執筆中というのではなく、書籍や書類の整理をしている場面で、人間の存在、アイデンティティについて、きわめて本質的な思索が行なわれる。これを読む私も、自分の行動の裏に何があるのかと気づかされる。ここで考えるのは、痕跡を残すということ。たとえ無駄なあがきでも、生命にしがみついていたくなること。どうにか永らえたいという人間くさい衝動が、この場面から見えてくる。

書くことは生命を取り留める一法だ。生命を形あるもの、意味あるものに保とうとする。隠れていたものを明らかにして、放置され、間違われ、否定されていたものを掘り起こす。捕まえよう、押さえようとする方法でありながら、また真実の、解放の一形式でもある。

さて、すべての箱を開けるつもりになって私見を言えば、この小説は言語について、またストーリーを語ること、それが物足りないことについての作品である。『靴ひも』に込められたメッセージは穏やかではない。ただし、人生が儚《はかな》く、人間は孤独で、傷つけ合い、老化して記憶をなくす、といったようなこと自体よりも、そういうものは捕まえることができなくて、たとえ文学をもってしても果たせない、ということである。人間が死んでから棺に入ることを思えば、容器は運命だと言ってもよいのだろう。しかし、語るという行為には定型がなく、またストーリーには収めきれないものがある。この小説を読んで、あらためてそう思う。結局、容器として厄介きわまりないのは言語である。その容量が大きすぎるのでも、小さすぎるのでもある。

著者ドメニコ・スタルノーネ氏には、この作品を世に出したことはもちろん、私を誘って翻訳を託してくださったことに、深く感謝したい。『靴ひも』のおかげで、ずっと英語の仕事から離れていた私が、四年近くの中断から復帰することになった。この企画に触発されて、もう長らく放っていた英語の辞書を調べ直し、類語辞典を引っ張り出した。作業を始める前には、イタリア語と距離を置くことになると思っていたが、実際には逆だった。以前よりもイタリア語との結びつきは強まったようだ。初めての単語、成句、表現法と、どれだけ出会ったかわからない。翻訳中はアメリカで過ごしていたのだが、ある意味ではローマに近づいたとも言える。私が『靴ひも』を見つけた町、この小説の主な舞台になった町。いつでも喜んで帰ってきたくなる。訳稿を見直して完成させたのはローマだった。いま序文を書いている私もローマにいる。

ただ、こうして思いつきを書き散らしても、ドメニコ・スタルノーネが挙げた成果に私がどれだけ感嘆しているのか、しっかり包み込めた気がしない。もう少し整理して言いたいところだが、ともかくも、本書を開いてください、とだけは申し上げよう。読んで、読み直していただきたい。この傑出した作家の言葉を、声を、手練の技を、しかと見届けられますように。

ローマ、二〇一六年

3 対置　ドメニコ・スタルノーネ『トリック』の訳者序文

「ドルチェット・オ・スケルツェット（"dolcetto o scherzetto"）」と言ったら、イタリア語で「トリック・オア・トリート」のことだが、語順が逆なので、文字通りには「トリート・オア・トリック」になる。いたずら者のスローガンだ。仮面をつけた子供らが、暗くなる季節の暗闇にまぎれて、どこかの家の前へ行き、お菓子を目当てに、そんなことを言う。このアメリカ発祥のフレーズは、おねだりでも命令でもあり、愉快でも脅威でもある。ハロウィンの夜、これを子供に言われたら、大人の判断は二つに一つ。うまく付き合ってやるか、あとで大変な目に遭うか。

　ハロウィンは、イタリアではさほどに盛り上がらないし、本書との関わりがあるわけでもないのだが、ともかく原題の『スケルツェット（*Scherzetto*）』を、英語では『トリック』にしようと考えた。スタルノーネとしては十四作目の小説である。ところが、ある重要な場面で、"scherzetto"を「トリック」にするだけでは間に合わなくなった。すぐに思いついた英語は"gotcha"（「ほら、どうだ」）だったので、これで処理できるものかどうか、第一稿を仕上げてから、念のためスタルノーネに聞いてみた。対応するイタリア語（"ti ho beccato《ティ オ ベッカート》"）では"scherzetto"と意味が重なることもあるかという質問をしたら、さすがに無理だという答えが返った。「ちょっと楽しく遊ぼう」という提案に近い、という説明もあった。

　この「ちょっと」というところがキーになる。もともと“scherzetto”は「スケルツォ」（“scherzo”）という名詞の縮小辞で、動詞の“scherzare《スケルツァーレ》”に由来する。これは主として「ふざける、遊ぶ」の意味だ。“Scherzi《スケルツィ》”と言えば、「冗談でしょ」ということ。音楽の用語として「スケルツォ」だったら、快活な曲想の指示になって、遊び心のある演奏が求められる。トリック、ジョーク、子供《キッド》、ふざける《キディング》、プレイ、などと思い浮かべれば、たちまちに連想の結合組織ができそうだ。『トリック』は、遊び心たっぷりの作品である。子供について、子供との関わりについて、子供を持つことについて、ふざけて遊ぶことについて語っている。からかう対象にされたらどうなのかという話でもある。また、本当の主人公は、人間ではなく、トランプのジョーカーだと言うこともできるだろう。切り札、ワイルドカード、道化、ピエロ。このアメリカ起源のカードは、変幻自在で、ほかの札の代わりになる。もしイタリア語だったら「スケルツォ」と縁がありそうに思うところだが、さにあらず。「ジョリー」と呼ばれている。英語の「楽しい」という形容詞が、イタリア語に入って名詞扱いされた。初期のカードで「ジョリー・ジョーカー」と称されたことから、こんな外来語ができたのである。

　借りる、真似る、換える、代わる、にじみ合う——。『トリック』は、ある対置の関係が続くことで成り立っている。作品の内部は二系統に分かれて、相互に激突し、丁々発止と切り結んで、他家受粉のような結果を出す。『トリック』の舞台となるのはナポリ。老いていく挿絵画家が、ある豪華版の書籍について仕事を頼まれる。それがヘンリー・ジェイムズの短篇「にぎやか《ジョリー》な街角」のイタリア語版だった。よく知られた幽霊物語である。原作が発表されたのは一九〇八年で、こちらはニューヨーク市に設定されている。もちろんジェイムズは実在のアメリカ作家で、生涯の大半をヨーロッパで過ごした。スタルノーネは、現役のイタリア作家として最高峰と言ってよいだろうが、ヘンリー・ジェイムズをじっくりと読み込んできた人である。

『トリック』では、最も暗くなる季節としての十一月に、四日間だけの出来事が発生して、ゴシック風の趣向がたっぷりと出てくる。亡霊、吠える風、廊下に消えていく人影……。夜な夜な怪現象が現れ、ドアベルを押す人々も何やらうさんくさい。転倒・転落の恐怖、失敗の恐怖、病気の恐怖、また幻影や死と顔を突き合わす恐怖について書かれる。そうなるとハロウィンとの関わりもあると言ってよさそうだ。まるでカボチャのランタンがちらつくように、光が投げられているのに恐ろしく、小説全体が光と闇の弁証法だと読むこともできる。

『トリック』は、読者をにやりと笑わせ、ときに大笑いさせることもあるのだが、その一方で、じっとりした冷気のような不安をもたらすこともある。その不安感の大きな原因となるのは、語り手となる人物が、四歳の孫マリオに向けて、謎めいた態度をとっていることだ。この二人の関係は、愛情と敵意、連帯と反目の間を、いつも揺れ動いている。病み上がりの祖父は、もう七十を越えて、おのれの衰弱ぶりに苦しんでいるのだが、マリオのほうは元気に動いて、これから生きる活力が旺盛だ。小説の底流には進化というテーマがあり、したがって適者生存の原理も働いている。いわば『蠅の王』の家庭版とも読めるだろう。設定としては孤島からナポリのアパートに移し替えられているが、その場に響く野性の荒々しさとしては、まったく変わるところがない。祖父と孫は、どこにも行けず、仲間とも言えない。通常の大人社会からは、そろって打ち捨てられたようなものだ。
　ドラマは祖父の視点で展開する。ダニエーレという名前だとわかるが、ほとんど出てこない名前なので、うっかりすると見落とすかもしれない。よく目立つのはマリオだ。この子は、ませているが純粋でもあり、憎たらしくて、危なっかしくもある。まだ文字が読めず、時刻もわかっていない幼児が、七十も年上の男を何度もやり込めている。ダニエーレは熱心に孫の子守をするかと思うと、うるさがって放っておく態度も歴然としている。マリオが祖父の真似をしたがるのは泣かせどころで、これは祖父に気に入られたいのかもしれないが、老人のほうが子供じみていて、ノンノ（イタリア語の「おじいさん」）と言われるだけでも腹立たしく、真似されたら自分の負けだとしか思わない。この小説であれば、巻頭にヘラクレイトスを引用してもよかったのかもしれない。「時間とは遊ぶ子供である。チェッカーをして、子供が意のままに決めている」[1]
　小説の語り口は、祖父と孫の関係と似たように、ぎくしゃくしている。気の利いた会話と深々とした思索、快調なアクションとじりじりするような内面の動きを、行ったり来たりする。トーンも二つに分化して、まじめでも滑稽でもある。陰鬱でもあるが、また呑気で、ひねくれて、破れかぶれで、意地も悪い。イタリアの作家ゴッフレード・フォフィは、これを評して「二つの音域で」書かれていると言う。作品の内部で推進力になっているのは、人物間の会話である。だが一歩下がってながめると、『トリック』と「にぎやかな街角」という作品間の関係がしっかりと見えてくる。さらに広い観点から、ナポリとニューヨーク、スタルノーネとジェイムズ、言語とイメージ、現在と過去、という組み合わせで、その関係性をたどることもできよう。
芸術において死者との交流はあたりまえである。この小説はそんなことを再認識させる。『トリック』と「にぎやかな街角」が似ていることは——心霊現象のように相通じるとさえ言おうか——まったく疑いようがない。どちらの作品にも、似姿、面影、分身、入れ替わりといったアイデアが、ふんだんに取り込まれていて、それが意外ではない。もちろんスタルノーネが書いた結果として、驚くほど近縁関係のある作品ができあがったのだが、その関係は、まず一見しただけでもわかりやすい。つまり、単純に言えば、どちらも本来の場所に戻ることの恐怖を扱っている。しかし、よく読んでみれば——そうすることを強く勧めたいが——さりげなく接点になるものが次々に見つかる。エコー、手がかり、内輪のジョーク……。たしかにジェイムズの文章が『トリック』に取り込まれることはないのだし、ジェイムズをまったく読んでいなくても、スタルノーネを充分に味わうことはできるだろう。ただ、それはあまりにもったいない。

『トリック』という小説は、「にぎやかな街角」に絶妙の変奏を仕掛けるにとどまらず、ほかのジェイムズ作品とも関わって、そのテーマを現代によみがえらせている。おのずと思い出される作品として、たとえば『ワシントン・スクエア』(父と娘の緊張した関係、また義理の息子にも問題がある)、『ねじの回転』(ジェイムズの最も知られた幽霊物語で、神経のすり減った大人が、ませた子供と対峙させられる)、「本物」(画家を語り手として、現実と表現の二項対立を追究する)、「絨毯の模様」(妻をなくした夫と、妻の秘密にまつわる)。

しかし、ジェイムズに最接近していくのは、『トリック』の付録部分だろう。これは芸術家の日記という体裁をとって、自由な連想を働かせ、またイラストも入れている。文章のトーンはがらりと変わっているのだが、この付録が物語本体への注解となって、さらには本質を抽出する役目を果たす。また時間も逆戻りして、日記が書かれるのは、小説の発端にいたるまでの数週間である。日記の余白には、びっしりと絵が描き込まれ、言葉を補強するようでも、押しのけたいようでもある。付録とはいえ、物語の体内から臓器を一つ切り出したようなものであって、もはや体外にあると見えながら、じつは本体の理解に欠かせない、内実を知った上での注解なのである。またジェイムズの短篇（イタリア語訳）からの引用が、随所で巧妙に切り貼りされるという離業も見せている。というわけで、スタルノーネとジェイムズは、それぞれが別個に書いている作家であるけれども、この付録（それ自体がハイブリッド的な文章）において、両者の融合した関係ができあがる。『トリック』は、ジェイムズへのオマージュというだけではない。テーマとしても言語としても、結合、借用、接ぎ木、という意図があって制作されたものである。

イタリアがアメリカ文学との恋愛にいたったのは、スタルノーネが生まれた一九四三年前後のことであり、またファシズムの崩壊と同時期でもあった。一九四一年には、エリオ・ヴィットリーニが編集して、『アメリカーナ』という作品選が刊行されていた。まだ一般に知られていなかった三十三人のアメリカ作家が、初めて翻訳で紹介された中に、ジェイムズの名前もあった。戦後のイタリア文学に深く影響することになった一冊である。ヴィットリーニが激賞したのはヘミングウェイだった。またチェーザレ・パヴェーゼが『白鯨』を訳したことも、よく知られているだろう。こうした作家たちは、アメリカ文学を愛好したというにとどまらず、おおいに共感して、希望、活力を引き出そうとした。そして『アメリカーナ』から七十余年の後に、スタルノーネが『トリック』によって、この恋愛関係に新たな展開をもたらし、イタリア作家とアメリカ作家がテキストそのものにあって重なるという域にまで達した。

というように、明らかに比較対象となるのはジェイムズだが、もう一人、キーになる作家として、カフカの名前も挙げざるを得ない。『トリック』で探求されるテーマ、関心事は、カフカ的想像力の中心にもあるからだ。その一つが肉体への執着であることは間違いない。身体の不調、衰弱、病気へのこだわりがある。『トリック』の冒頭で、老人がどうにかベッドから起き上がろうとする悲喜劇の場面は、グレゴール・ザムザが変身の直後に遭遇した苦境を思わせるものだ。ところがマリオは際限もなく身体の自由がきく——いつでも飛び跳ねて、動き回って、何かをしている——というのだから、ダニエーレとしては自分が老いぼれて動きもままならないことを痛感するしかない。両者の摩擦は、ほとんど身体性の対照にあると言ってよいだろう。一方は小さくて強力だが、もう一方は大きくて弱っている。

『トリック』の語り手と同じく、カフカにも子供嫌いの性質があった。エリアス・カネッティの見方を借りれば、「カフカが子供に対して感じたのは、羨望だったということになる。だが一般にありがちな羨望とは違って、対象への非難とも抱き合わせになっていた」。『トリック』もまた、世代間の、職業上の、また性的な意味での羨望と、おおいに関わっている。そして父親を嫌悪するところも、『トリック』の語り手とカフカは似通っている。ぎゅう詰めで取っつきにくい付録の部分には、カフカの『日記』のような感性があるだろう。観察とストーリーテリングが特異な合体をしている。そして、もう一つだけ言えば、『トリック』においては、カフカとの（またジェイムズとの）共通点として、空間との緊張関係、外気への度重なる欲求を挙げることもできよう。『トリック』では大半の場面が、屋内に、あるいは屋外との境界線に置かれている。内と外の緊張は、光と闇が戯れるように、いつまでも続いていく。だが、最も記憶に残る場面は、バルコニーで生じる。いわば無の上に位置するプラットフォーム、空間と戯れる空間である。

バルコニーとは、『トリック』にあって、危険地帯であり、また逃げ場、亡命先でもあって、出ていれば自由になる。もとの家族を振り捨てたようでいて、しかし、その匂いがまだ漂っている。バルコニーにいれば外が見える。飛び出していられる。あらゆる危なっかしい状態——青春、名声、人間関係、人生そのもの——を表す場所だ。しかし何事もいつ壊れるかわからない。あっという間に崩れるかもしれない。いわば存在の不安となる空気の塊。この小説が乗っかっているのはそういうものだ。何もない空間は、虚無を、死を、象徴する。しかしまた創造にもつながる。それこそが芸術家の領域だ。安全な土台には背を向けて、無から有を産もうとする。

芸術家になるとはどういうことか。インスピレーションとはいかなる不思議な作用なのか。この小説には、そうした論点から見ても、特筆すべき箇所がある。芸術家が、じっくり悩んで、その制作について自問する過程が書かれるのだ。芸術は一種のゲームとしてプレーする大勝負の賭けである。ここでスタルノーネはジェイムズと対戦し、おそらくカフカとも対戦している。実際、自身の文学的祖先として、カルヴィーノとならんで、よくカフカの名を挙げる。そのカルヴィーノは、読者と、登場人物と、ジャンルと、語りの本質そのものと、激しく対戦した。ピランデッロも、ズヴェーヴォも、ナボコフもまた然り。このチームに、スタルノーネも加わっている。

また、スタルノーネを熱心に読んできた人なら、これまでの作品とも相互関係があることに気づくだろう。たとえば、『不安（*Spavento*《スパヴェント》）』（題名が語るとおりで、病気が主たるテーマである）、『ジェミト通り（*Via Gemito*《ヴィア ジェミト》）』（ナポリに育つ子供がいて、父親は性悪で、嫌われている）、『靴ひも』（自分とは何かを問いかけ、老いることや次世代との結びつきについて考える）などは、その例として確実に挙げられよう。『トリック』は、そうした作品の総体から発しながら、また単体の創作物でもある。コアの部分では独創的だ。もちろん、これは私個人の見方から言っている。スタルノーネは手の内をすべて明かすような作家ではない。

スタルノーネ作品に通底して繰り返されるテーマが、アイデンティティである。私たちは誰なのか。どこからどう出てきたか。こうなっているのはどうしてか。『トリック』においては、従来にも増して、遺伝に関わる問題を突き詰めようとする。カップルが成立した結果、何が継承され、何がこぼれ落ちるのか。スタルノーネにとって、アイデンティティとは一筋縄で行くものではない。とどまることなく常に流動する。選別、分類、偶然、戦略、危険がつきまとう。そこで『トリック』では重要なメタファーとして、トランプのカードが使われることになる。当然、切り捨てる行為も生じる。いくつかの可能性から取捨選択して、自身を、未来を形成する。そうであれば青春期に焦点が当てられることは驚くまでもなかろう。子供だった身体が、急激に反応し、拡大し、自己を変えていく。この時期が終われば、進むべき道を選択して大人になっていく。カードの全体にあった可能性と、配られたカードでプレーしたあとの結果はどう違ったか。そんな緊張関係に本作は向かい合う。そして最終的には、すべて仮説なのだと考えるしかない（ちなみに仮定法はイタリア語の文法意識になじみやすい）。ある人が、また状況が、どのようになったかもしれないのかという話である。「にぎやかな街角」のスペンサー・ブライドンと同じく、『トリック』の主人公もまた、いまの自分がどうなのかということよりも、自分がどうならなかったかということに、あるいはジェイムズの言い方だと「不本意に終わった昔のあれこれ」に悩まされている。

イタリア語の「スケルツェット（scherzetto）」は、「小さい仕事、小品」の意にもなる。だが本作は小品どころではない。小さいと言えばマリオが子供であるくらいのことだ。もちろん『トリック』は子供向けのストーリーではないし、癒やしを求めたがる人にも向かない。たとえて言えば、目立たない但し書きのようなものである。たいていは読まずにいて、あたふた苦労する。ここでの警告は、子供時代は恐ろしく、恋をして結婚するのも、老いるのも恐ろしい、ということだ。そんな人生にあって、つい怒りに駆られることもある。親に、子供に、自分の決断に、出自に怒りがある。また不安から逃れることもできない。自分はどんな人間なのか不安である。見えるものにも見えないものにも不安がある。

私が『トリック』を訳したのは、スタルノーネの前作『靴ひも』を訳してから、ほぼ一年後のことだった。すでに著者の筆の運び、書き癖のようなものを心得ていただけに、スタート地点では有利だったとも言えよう。しかし、今回は、なるほどトリッキーになった。まず英語の題名『トリック』からして妥協の産物で、完全な解決にはなっていない。またナポリ方言という私には未知の領域があった。方言が出ることで、音域が二つあるようなトーンの二重性が強まる。さらに方言は、主人公が自己、出身地、過去と敵対する関係の表象にもなっている。この方言に、私もある程度は直感で対処したが、ほかに暴力性、猥雑性をたっぷり含んだ部分もあって、そういう箇所では、著者のご好意によって、おだやかなイタリア語に言い換えて説明していただいた。

だが、言葉遊びのような仕掛けについては、つかまえきれないこともあった。たとえば“schizzar《スキッツァール》 via《ヴィア》”のような場合にはどうしたらよいのか。これはバルコニーを描写する箇所にあって、一方が固定されて張り出すだけの危うい連続性を表現している。私は“flying off”(「飛び立つ」)という英語にしておいたが、本来、“schizzare《スキッツァーレ》”という動詞は水のイメージにつながる。マリオと祖父は“scherzetto”（「いたずら」）と言い合って、水をはね飛ばす（その場面で著者が使う動詞は、近縁語の“spruzzare《スプルッツァーレ》”である）。ともあれ“schizzare《スキッツァーレ》”からは、噴出・流出する液体を思いつく。すでに冒頭の段落で、芸術家である主人公が、出血・輸血を伴う手術を受けたことはわかっている。なお、偶然ながら、名詞の“schizzo《スキッツォ》”（「水はね」）は、描画、スケッチ、著作の第一稿、という意味にもなる。

もう一つ、悩みの種であって、また楽しくもなるのが、“trezziare《トレッツィアーレ》”という語だ。これはトレセッテ（というトランプのゲーム）に出てくるナポリ方言の動詞で、最強の「3《トレ》」が出現することを願いつつ、ゆっくりと手札を見せていくことをいう。だが、ナポリ文化では、もっと意味が広がって、あと何日でクリスマスと数える子供のように、どきどきして心待ちにすることにもなる。『トリック』にはお誂え向きの語であろう。この一語が、さまざまなテーマを縫い合わせている。たっぷりした意味があって反響する広がりを、イタリア語ではじっくりと味わえる。その複雑性が英語ではこぼれ落ちてしまう。

翻訳とは、恐怖のひそむ廊下から廊下へ、暗がりを手さぐりで進むようなもの。ところが『トリック』の主人公である挿絵画家が、よいことを言ってくれた。付録の部分で、彼は「テキストを熟知することが、適正な仕事への第一歩」と書く。私もそのようにした。スタルノーネを再読するだけではなく、ジェイムズも英語およびイタリア語訳で読み直す。そのように万全を期して、ある三角関係が出来上がった。この小説自体と同じように、そもそも翻訳にあっては二つのテキスト、二つの声が交差するのだが、『トリック』を正当に訳そうとすれば、三人のプレーヤーが必要だった。スタルノーネ、ジェイムズ、そして訳者——。

『トリック』を訳してから英語で「にぎやかな街角」を読むと、鏡の間を歩いているような気がした。文、語、イメージ、モチーフが、原形をとどめつつ歪められていて、その出現にあっと驚く。『トリック』という作品は、注意して読めば、それだけ報われるようにできている。「にぎやかな街角」もそうだが、視覚のいたずらを仕掛けてきて、目《アイ》と「私《アイ》」に錯覚を生じさせる。二つの作品を合わせて読むと、双方から照射が行われているとわかるだろう。たがいに相手への注釈になり、また分身のような存在でもある。

テキスト間を行ったり来たりするほどに、なお私は驚かされていた。スタルノーネの言葉遣いは、絵画の名匠の色遣いのように、まっさらな平面から三次元の幻想を立ち上げる。『トリック』に出てくるキーワードを読み解くのは何日もかかる作業だった。たとえば scherzare《スケルツァーレ》, giocare《ジョカーレ》, buio《ブイオ》, rabbia《ラッビア》, vuoto《ヴオート》（ふざける、遊ぶ、暗がり、怒り、虚しさ）。こんな言葉と戯れながら、スタルノーネは各語の内部から意味を誘い出し、根っこに絡みついていた性質をシャッフルしては、誰にも真似のできない名人芸で手札を繰り《トレッティアーレ》出してみせるのだ。

これから何年も、学者、評論家が、この小説と戯れて、作品内の階層、連結、呼応の関係を解明しようとするだろう。私も訳者として、戯れる楽しみを味わわせてもらった。『トリック』を英訳したのは私が初めてである。しかし、あり得るヴァージョンの一つとして提出したにすぎない。ある翻訳ができるのは、そのために切り捨てる作業があったということだ。一つの構文を決めるだけでも、ほかの可能性をいくつも捨てている。また、あたりまえの話として、翻訳であるからには、既存のテキストがあって、そこから派生したものである。えらそうに聞こえるかもしれないが、私はスタルノーネの文体をうまく誘導して、彼が書いているのと同じように、どうにか彼をコピーして貼り付けるように、英語に流し込もうとしていた。ここにもまたトリックらしきものが入り込んでいる。翻訳は原文への外科手術であって、外国語のＤＮＡにこだわりつつ、別系統の文法・構文の移植を必須とする。テキストの結合によって成り立つことは疑いようがない。一方が他方に由来するのだから、たとえ別物になっても縁は切れない。翻訳は複製と転換の行為である。その結果として生じる変容はあやういものだ。その最終形にいたっても、なお議論の余地はあるだろう。スタルノーネの原作は、この英訳版を発生させた親本として不変である。だが、英語に生まれ変わるまでの行程では、ある一つの亡霊に転じていた。

プリンストン、二〇一六年

1 原文はギリシャ語。その英訳についてはバルバラ・グラツィオージに感謝する。参考としてウィリアム・R・ディンジーによる別訳も挙げておく。「人生とは遊ぶ子供だ。チェッカーをして、王権は子供にある」。ここでディンジーは注釈をして、「παῖς《パイス》〔子供〕と παίζων《パイゾーン》〔遊んでいる〕の語源上のつながり（字義としては『子供が子供する、、こと、子供が子供であること』）を生かせればよいのだろうが、それは訳者の手に余る」と言う。また「通常の意味であれば、αἰών《アイオーン》という語は一つの人生に亘《わた》るほどの時間、それくらい長い時間ということで、時期、時代《エポック》でもあり（派生して永代《イーオン》）、ずばり永遠と言ってもよいだろう。これを人生と訳したのは、人生を一定の時間と見なしてのことだ（それに対して“bios”や“zoë”であれば生命現象としての人生であり、“chronos”ならばもっと普通に時間の意味である）」

4　エコー礼讃　翻訳の意味を考える

二〇一六年二月、プリンストン大学の授業として、文芸翻訳に特化したセミナーに、学生たちを迎えた。この講座を担当することになって、私はおおいに乗り気だったが、また自分が学ぶことにもなるはずだと思って、ますます乗り気になっていた。ちょうど同じ時期に、初めて正式な企画としての翻訳に取り組もうとしていたからである。ドメニコ・スタルノーネの『靴ひも』という小説で、原作の刊行は二〇一四年。これを私はイタリア語で読んで、すっかり惚れ込んでいた。

また『靴ひも』の翻訳は、私の生活そのものが変容を遂げつつある状況と重なっていた。私がイタリア語の上達を期してローマに移ったのは二〇一二年である。翌年からはイタリア語での執筆を始めた。この実験から『べつの言葉で』という一冊が生じて、イタリア語で書いたものが二〇一五年に刊行された。あえて思いきったつもりだったが、しかし心の奥では、翻訳を経ずに、そこまで直行したということで、新しい言語をしっかり身につける行程として、重要なステップを一つ飛ばしたのではないかという気もしていた。

スタルノーネとはローマで知己となっていた。その著者自身から『靴ひも』の英訳を誘われることになって、私は大喜びで引き受けたものの、やはり不安もあった。すでに英語からイタリア語に切り替えて書くという変身は遂げていたけれども、自分で小説を書くことから他者の言葉を訳すことへの変身となると、まったく話が違ってくる。この第二の変容を遂げるとしたら、なお根本から変わるのだと言ってよさそうにも思えた。翻訳には責任を伴う。その責任感は、従来の私なら考えなかった性質のものだ。また技術が問われるだけでなく、いつもの私とは心のありようまでも変えなければならなかった。

　プリンストンで翻訳セミナーを開講するにあたって、どのように始めたらよいのかと考えた。話題の導入から展開への最善策はどんなものか。先行文献となるエッセイ、翻訳論は、かなり読んでいた。だからヴァルター・ベンヤミン、あるいはウラジーミル・ナボコフのエッセイを取り上げても、うまく始められただろう。だが私はオウィディウスの『変身物語』を選んだ。人生の謎に光を投げてくれる傑作だと私は思っている。また、それ自体、広い意味で言えば、ギリシャ神話からの翻訳であることも考えておきたい。若い頃にギリシャを旅したローマ詩人が、古代ギリシャの言語・文化に研究を重ねて、インスピレーションを得た成果である。一般にラテン語の詩では、ほかの言語による既存の文学と出会って翻案をするということが多かった。[1] この『変身物語』の中で私がすぐに思いついたのは、エコーとナルキッソスの神話である。そこから進むべき道が見えてきた。ある言語のテキストを別の言語に翻訳するとはどういうことか、それを探るキーになるものが見つかったのである。

　初回の授業で、まず私は言った――。そもそも翻訳とは変容であることを忘れてはならない。

本来の大事な形質を捨てて、その代わりに新しく得るものがあるという、つらく激しい奇跡のような変化を遂げる。そう考えると、オウィディウスの物語詩におけるエピソードは、登場するものが常に存在の様態を変えていることから、ほとんどが翻訳のメタファーになっていると読めるだろう。ということで、翻訳者にとっては、エコーとナルキッソスの神話が、とくに意味深く響いてくる。さらに私の場合には、作家から翻訳家に、そしてまた作家に、という変身があるので、なお切実に考えさせられる。

では、あらためて、この神話を思い出しておこう。『変身物語』第三巻にある運命の恋物語だ。愛する者と愛される者が、どちらも変容を遂げていく。そんな物語の系譜が、オウィディウスにはある。エコーは美声で知られた森のニンフだった。その声を利用したのが浮気者のゼウスで、妻たるユーノーの目をそらすため、エコーにしゃべらせたのである。おしゃべりに謀られたと知ったユーノーは、エコーへの罰として、人から聞いた言葉を返せるだけにしてしまう。こうしてエコーは発話能力を変更され、他者の発言をいくらか復唱することしかできなくなった。「おしゃべりエコーのおしゃべりは／以来、かくなる体たらく／言われたことの最後だけを、繰り返すしかなくなった」

文学の一形式としての翻訳には、いつも議論が絶えなかった。翻訳に抵抗感ないし拒否感のある論者は、変容の産物である翻訳など、所詮は原文のエコーにすぎないと言う。異なる言語への旅をする途中で、失われるものが多すぎるとの説である。では、いわゆる喪失あるいは劣化とはいかなるものか。オウィディウスの物語は、神話のエコーという擬人化された形をとって、失われることの本質に目を向けようとする。このギリシャ語起源の「エコー」は、音響現象の用語にもなっている。すなわち、ある音が何らかの移動をして、障害物にぶつかり、その結果、原音の一部を反復して、木霊《こだま》を返す。ただし、「エコー」という語を、単純な「繰り返し」と見なすのは早計である。処罰されたエコーに対して、オウィディウスが使った言葉は、「レペテレ（"repetere"）」ではなく、「レッデレ（"reddere"）」だった。このラテン語動詞は多義的で、回復、遂行、再生の意味にもなる。ほかの言語に訳すことも言う。[2]

エコーは、もとは能弁なストーリーテラーだったのが、ユーノーに呪われて翻訳家になったのだ、と言えなくもない。たしかに翻訳家の仕事にはエコーに似たところがある。一つのテキストを前にして、耳を澄ますように熟読し、その意味を自身の内部に取り込んで、また外に向けて返すのだ。翻訳家は、すでに書かれた言葉を、精密な複製として再現する。だが、これもエコーと同じで、翻訳という文芸にあっては、まず原文が存在することを前提とするが、その美質・特質の因《よ》って来たるところを、別言語の文脈では維持しきれないことも前提とする。オウィディウスの神話において、エコーが処罰されている現状は明らかだ。自身の声と言葉を奪われている。しかし翻訳家である彼女が、この不利な現状を変換して、刺激的な作業条件とする可能性はある。おもしろい仕事にもなるだろう。翻訳家はテキストを反復し、二重化する。といって文字通りの反復にはならない。ただのコピーのような制約された行為とは、まったく違う。想像力と技量と自由を要する精妙な錬金術で、テキストの意味を回復させるのだ。つまり、反復・反響は、翻訳論にふさわしい話題ではあるが、翻訳の技法にあっては、まだ出発点にすぎない。

この神話を、さらに見ていくとしよう。ある日、エコーはナルキッソスに恋をするが、その結果、大きく阻害されている状態によって悲劇になる。みずからの言葉を欠いているので、彼女は恋い焦がれるナルキッソスに話しかけることができない。思いきって近づこうとすると拒まれてしまう。ところが、彼女の接近をいやがったナルキッソスは、無残な間違いの喜劇として、水に映ったわが身に恋をする。みじめなエコーは憔悴のあまり、その身体が骨と声までに衰える。オウィディウスの表現は強烈で忘れがたい。「残るのは声と骨だけで／声は声のまま、骨は石のごとくとやら」ここでは「声」(ラテン語では“vox”)の繰り返しが、呪われたエコーが本来持っていた能力を再認識させる。まさしくエコーする効果があって、もはや実体は失せても、かろうじて消え残った声としての彼女が、かえって際立つことになる。

こうした物語の進行には、翻訳の観点からも、おおいに意味がありそうだ。その中で要点と言うべきは二つで、いずれもエコーに関わっている。まず第一に、心を寄せる、恋をする、という動きがある。もし翻訳を思い立つとしたら、少なくとも理念としては、そのような発端があるだろう。すでに述べたように、私が『靴ひも』を訳して、以後も翻訳を続けてきたのは、そうしたくなる情熱に駆られたからだ。また、私の場合には、自分で思うような翻訳の企画を立ててこられた。これは幸運なことだ。ある文章に恋をしたら、それを翻訳する以上に、恋を遂げる良策はないだろう。ある書物を訳せば、その一冊と深い仲になり、ぴったり寄り添って、一語ずつ親密になって、こんなに近しいと思って喜んでいられる。

そういう関係にあっては、片方が追いかける行動をとって、先頭ではなく二番手になるということが、一つの条件になっている。オウィディウスの言い方だと、エコーは「彼を見て恋に焦がれ、彼が行く道をこっそりとたどっていた」。翻訳者もまた、原著者が行く道をたどり、ひたすら追いかけていって、その作品を知ることになる。もし原作の精神、感性を「つかまえた」と評されたら、いみじくも訳者への褒め言葉である。たとえて言えば、一種の狩りを行なっているのかもしれない。テキストを再創造する上で、標的となる語を追いつめる作業は欠かせず、ぴたりと影のように寄り添って――熟読、熟考を重ねた結果として――原作の形式、構成、意義を突き止めようとする。そして皮肉なことに――この神話では意外な役割転換が生じていて――エコーが狩りの主役を務め、通常は狩人とされるナルキッソスが、ほとんど逃げる役に回っている。たしかにエコーの狩りは失敗に終わるけれども、その行動は翻訳家の役割矛盾を考える手がかりになってくれる。あとから追いかける二番手でありながら、原文を別言語にねじ込む過程では、それ相応の実力行使をするのが翻訳の仕事なのだ。

やや脇にそれるが、一番手、二番手という対比に付随して、いくらか言っておきたい。私は以前から作家であり、いまでも作家なのだが、さらにまた翻訳家でもあることになった。それで気になるのは、いま私がしていることは「二次的」であって、文芸としては下位にあると見る人が、どれだけ多いかということだ。どうやら翻訳とは、創造ではない、模造である、と思われているらしい。私がほかの作家を訳しているという話をすると、気の毒そうな顔をする人がいる。翻訳に手を出すからには、もうアイデアが枯渇して、いわば休耕期の対策事業をしているだけで、自分の声は干上がっているのだろうと言わんばかりだ。翻訳作品を懐疑的に見ておいて、文学には創作とその模倣という階級差があるという観念を補強したがる人もいる。正統なもの、派生したもの、という階層性の発想は、残念ながら広く存在して――その一歩先には、純／不純、としての差別もあろう――文学に限らず、人間同士の見方にも影響している。誰が一番先なのか。ある土地で正統な住人とは誰なのか。そうでないのは誰なのか。あとから来た人間が――一番乗りでなかった移民が――よそ者扱いされるのはなぜなのか。などと言いたくもなるのだが、それはまた考えることにして、とりあえず神話と翻訳の話に戻ろう。

第二の要点は、いわばエコーが身体性のない変身を遂げ、ただ声でしかないという最終形をとることだ。翻訳者とは、目立たず、慎み深く、自己犠牲に徹するのだと言われることが多い。表紙に訳者名が出ない場合もある。補助的な役割と思われがちだ。一冊の本が訳されてしまえば、もう訳者はひっそりと退場して、書物そのものに語らせればよいことになる。そういう翻訳の慣行は、女が男に従属するという旧来型の女性観に呼応すると説いたフェミニズムの議論もある。憔悴して肉体を失うエコーは、中世の聖人による贖罪の苦行さえ思わせる。

私はスタルノーネの作品を三年間に二冊訳した。すなわち『靴ひも』と『スケルツェット』（英訳では『トリック』）である。いずれにも訳者による序文を付して、私自身がスタルノーネ作品に感銘を受け、どのように評価しているか述べたのだが、もちろん、この作家を新しい読者層に紹介しようと思えばこそで、それ以外の何物でもない。ところが一度ならず酷評を浴びた。読者と作品の関係に干渉し、訳者自身の見解に誘導して、訳者の役割を言いたがっている、との批判である。ある書評（筆者は男性）は「くたびれるだけのインテリ議論」だと言い、別の書評（これも男性）は「もし次回があるなら、もう序文は飛ばして、スタルノーネに語らせるだけでよかろう」との勧告に及んでいる。

いわば神罰を受けるエコーと同じで、しゃべり過ぎを叱られたような気がした。ここで自己弁護しようとは思わないが、世の常として、翻訳者はおとなしくせよ、出しゃばるな、との意向があるとだけは言っておこう。さて、エコーはナルキッソスに拒絶されたあと、身体上は不在になる。「もうエコーは森にひそむだけで、どの山にも姿が見えなくなっていた」。ところが、その次行では、「誰にでも声が聞かれて、エコーは音になって生きている」とされる。つまりエコーは見えなくなったとはいえ、いつも声が聞こえるという代償を得ている。これもまた矛盾だ。どこにも見えず、いつでも聞こえる。では翻訳者はどうなのか。原作に対する見解があって、その上で自身の言語にふさわしい表現を整え、なお原作のエコーになろうとする。どのあたりでバランスをとればよいのだろう。

さて、もう一人の主役たるナルキッソスにも目を向ける。どこにでもある心理現象として自己愛の語源になった人物だ。この青年が狩人とされていることは、すでに述べた。自尊心、独立心があって、世間的なイメージとしては作家らしいタイプだろう。その声は誰にも真似ができないはずだが、翻訳者のエコーがかかって広がることはある。もしエコーが翻訳者であり、さらに類推して翻訳作品でもあるという二段階の比喩を想定すれば、ナルキッソスは原作者であり、また原作そのものであると言えよう。

ナルキッソスを取り巻く事情には、その当初から興味深いものがある。彼の母リリオペにテイレシアスが語った予言では、「おのれを知らずにいれば長生きできる」とのことだった。この謎めいた警告は、デルフォイの神殿に刻まれていたと伝わる「汝自身を知れ（ギリシャ語では *γνῶθι σεαυτόν*/*gnôthi seauton*）」の格言とは正反対だが、いかにも心を騒がせて、もっともらしく聞こえる。私自身の経験から言って、ある文章を訳そうとしたら、まず何より原文を知ることが必須である。どんな意味であるかはもちろん、どこがどうなって、そういう意味になるのか知っておきたい。ところが著者としての私は、書くことに夢中で、自分のすることがわかりにくい。全然見えていないかもしれない。がむしゃらに書いていれば、距離感のある見方をとることが難しくもなろう。自分だけで書くことは、ナルキッソスが水面の映像を見て、ほかの誰かだと思い込んでしまったように、客観的な判断の乏しい幼児性に通じることもある。あとになって何のつもりで書いたのか説明しようとしても、結局、自分の内部から、その限られた視点から、説いているだけでしかない。

ナルキッソスは水面の鏡像にだまされて、その美少年が自身だとは気づかない。だが、これを比喩として語ろうとする私の翻訳論にも、少々のトリックがあるかもしれない。ここまでの議論では、エコーを翻訳者にたとえていた。そのことに間違いはない。しかしナルキッソスもまた翻訳者と似たような特性を持っている。翻訳とは、原文が聞こえるように、見えるように、ほかの言葉で映し出すものだからだ。それは訳者によって可聴化、可視化されたはずである。じつは別物でありながら、本物が映っているように見えている。どっちがどっちかわからなくなれば、翻訳としては上出来だ。もし翻訳が翻訳らしく聞こえてくると、すぐに読者は飛びすさって、非難し、排斥する。翻訳は本物らしく聞こえるべしという期待を、ずっしり背負わされているということで、作品への要求水準を考えると、原作よりも重圧がかかっているだろう。

では、原作《オリジナル》とは何だろう。派生したものとは、どう違うのか。私は作家でもあるので断言してもよいのだが、これまで私がオリジナルに書いた作品は、ほかの何かから派生したものばかりである。そのようにならざるを得ない。実地に経験したことだけではなく、過去の読書体験があり、どれだけ読んだかわからない他の作家から、意識的、無意識的に引き出したインスピレーションがあって書いた。創造性は真空に存在するのではない。模倣の形をとった反応が多く関与している、ということはプラトンからエーリッヒ・アウエルバッハ、ハロルド・ブルームにいたる諸家が論じてきた通りだ。もともと私は――幼くして初めて読めるようになった本が神話の物語だったくらいで――神話には魅力があると思っている。神話によって読者としての初心に立ち返るのでもあるが、また唯一現存するオリジナルな物語としての神話に惹かれるのでもある。あらゆる文化に同じような物語があって、誰のものでもあるが誰のものでもない。物語を書きたがる子になった私は、読んだことを真似して書いていた。あれから、いろいろな意味で、ずっと真似をしてきた。あからさまな真似ではなくなったというだけの話である。芸術がまったく自由だという幻想は、まったくの幻想にすぎない。いかなる言葉も、私の言葉とは言いがたい。どうにかアレンジして使っている。

　エコーとナルキッソスは、二項対立のようにも見えるが、そういうものは得てして同じコインの裏表である。エコーには繰り返し《リピート》の特性があって、これはラテン語の「レペテレ（“repetere”）」に由来する。狩人たるナルキッソスには「ペテレ（“petere”）」との縁があるだろう。「打つ、追う、攻める」の意だ。また一方で、両者の関係は、伝統的な男性優位の力学モデルにも沿っている。翻訳は原文に従う立場にあって、その原文は誰の言うことも聞かない。手出し無用で、元通りに保存されている。原文が特権的な地位を保全することは確かだ。何世紀もの間、読まれるだけで、変えられることはなく、著者が造形したままである。ひとつの芸術作品は、どれだけ不完全、未完成であっても、それで確定したものになる。ところが翻訳となると正反対で、いつの時代にも、その時代の要請に応じることを求められる。いまの読者に届く、新しい読者層を得る、という目的があるので、現在という時間を振り切ることができない。したがって、たとえ最高の翻訳作品であっても、いずれは置き換えられることになる。消えていくのは仕方ない。しかし、欠かせない存在であるのも事実である。不断にアップデートの進むエコーがあって、名作とされる文学が持続可能になる。作品の意義が、時空を超えて、広く記念されていく。

エコーが響く現象は、驚異であって、奇異でもある。怪異ですらある。この神話の重大な場面を振り返ってみよう。エコーの空しい呼びかけが、ナルキッソスに聞こえてくる。すでに見たようにエコーは自身の声を奪われているので、恋する男に話しかけたいのに、男が言うことを繰り返すしかない。「彼女は来る音に身構えて、おのれの言葉として返すのみ」。ここで「身構えて」に相当するラテン語が「エクススペクターレ（"exspectare"）」という動詞であることに注意したい。「待つ、望む」という二つの意味を合わせ持って、エコーが置かれた感情と音声の条件をよく表している。ナルキッソスの「誰かいる？」に対して、彼女が「いる」と繰り返すと、彼は「たまげる」。こんがらかった悲喜劇の対話があって、ナルキッソスは声の主を求める。このときばかりはナルキッソスが追う側で、エコーがその追求を逃れている。そこで彼は「僕から逃げる？」と問う。しかし、いざエコーが迫ろうとすると、またナルキッソスは逃げだして、追いつかれたくないあまり、彼女と抱き合うくらいなら死んだほうがましだとまで言ってのける。

声を返すことが——すでに見たとおりで、ただ恋をすればこそ、聞いたことを同じように言うだけなのに——どうして脅威になるのだろう。自分の声が他者の声に変調されて返ることが、どうして自己の認識を侵害し、その壊滅の危機とさえ思わせるのだろう。

もしナルキッソスとエコーの神話がハッピーエンドで終わっていたら、生まれた子供は私のような作家・翻訳家に育ったかもしれない。私の創作衝動を考えると、この二人のどちらにも関連をたどっていけそうだ。書くという行為には、徹底して自己と向き合うという側面がある。あくまでも内省する精神があって、文章は品質を高める。だが私はエコーにも自分の姿を見ると思う。私は物心ついた頃からずっと、外界に耳を傾けて、人のすることに反響しようとしてきた。たしかに作家として本を書くことから出発したのだけれど、もともと異なる世界をつなぎたい意識が強かったのだから、翻訳家らしい気質に生まれついていたのだろう。ほかの言語、文化を自分に取り込もうと奮闘する人生になった。まずベンガル語を話す両親のもとに生まれ、大人になってからは創作のためにイタリア語と養子縁組をした。私がイタリア語で執筆するという現象は、イタリア語のエコーだと考えてよさそうな気がする。ふたたび音響としての説明をすれば——ある言語が(私という)異物に衝突して、おかしな跳ね返り方をしたら、どんな響きを生むだろう。

私がイタリア語でものを書くと、あれは「自己流の」イタリア語だという判定を受けることがある。つまり間違いとは言えないが型破りなので、もっと普通の、正統のイタリア語とは区別されるらしい。今度またイタリア語で書くとしたら、そういう「苦情」が出ないように、なるべく慎重に規則正しい心がけで書いたらどうかとも言われた。つまり公式なイタリア語とは——それが何であるにせよ——いたずらに手出しをするものではないという主義があるようだ。私のイタリア語は、本物よりも薄弱で、欠落があって、また人の不安をも誘うということで、いわばエコーのようになっている。だが、そう思われるのは、いつものことだ。どこかで越境がなされると、あるいは言語、また文化、土地柄が、新しく体験され吸収されていくとしたら、そういう反応が出ることは避けられない。移民するということは、よく観察して、ヒントになるものを模倣することである。おそらく完全な同化は無理だろう。また望ましくもない。どのケースも違うのであるって、境界を越えた一人ずつが、その一人だけの曲折を経た上で、たとえば指紋のような個別のパターンができあがる。

ある言語、もっと広く考えて、ある文化、また国が、そのエコーから逃れようとするならば、それは内向きで自己愛の強い文化だろう。自己のイメージを愛すると言ってもよい。ナルキッソスは水面の像が自分ではない誰かだと思い込んだ。たしかに愚かしいが、まだ許せるのかもしれない。その恋の相手は、ただの錯覚、影である。アメリカをふたたび偉大にと唱えてみたり、あるいはイタリア人ファーストと言い立てたりする向きにあっても、影に恋していることだけは同じである。だが本当のアメリカ、本当のイタリア——私が故郷と思うようになった二つの国、つまり多様性があって、文化が豊かで、寛容な精神を持った人たちがいる二つの傑出した国は、水面に投じられた虚像と同じものではあるまい。危なっかしい独我論的な懐古趣味に浸る国ではないはずだ。自分ばかりを大事にして、内向きの見方にこだわるとしたら、その先の結果は知れている。オウィディウスの詩行は、ゆがみ、ねじれ、としか言いようのない状況を描いて、ぞっとする恐ろしさがある。「愚かにも、彼はおのれを欲する。愛《め》でて、すなわち愛でられる。求めながら、求められる。それで火がついて焼けている」。ラテン語では、再帰動詞が不気味に響き合う効果を出して、主語たるナルキッソスはおのれの姿にかがみ込んだまま、内部へ自爆する。真実が見えずに、虚像に欺かれて滅びるのだ。オウィディウスは「エロル（“error”）」という言い方をして（ここでは「虚像」と訳すが）、ものの見方が間違っていることを明示する。「彼はおのれが見るものを知らず、その見るものに燃やされて、虚像に目をくらまされる」。このような態度をとるならば、文化にせよ、国家にせよ、ナルキッソスと同様に、おのずと衰亡するしかない。

ここまでナルキッソスとエコーの物語について、ほんの上っ面だけ引っ掻くように見てきたが、この神話は、私が作家生活において向き合った中で、最も複雑な問題を考えるための手がかりになってくれる。すなわち自作の翻訳ということだ。私が初めてイタリア語で書いた一冊が英語への旅をすることになって、その旅立ちに私自身は気乗りがせず、まるで心の整理がつかなかった。結局、これは別の翻訳家が担当するという形で、私ではない人の英語でエコーになった。その後、イタリア語で書いた短篇を一つ、おずおずと自分で英訳してみたのだが、何だか不思議な心地がした。といって、せいぜい十ページほどの小品で、すぐ終わる練習のようなものだった。私は原作に「忠実」であろうとして、以前に英語で書いていた作品とは文体としても異なるように、あるがまま再現したいと思った。この短篇は「ニューヨーカー」誌に掲載されたのだが、あらかじめ私からの要望として、「著者による英訳」という但し書きを作品の最後につけてもらいたいと伝えた。編集部はかえって読者が混乱しないかと懸念したのだが、私はこの仕事の性質を尊重したいと思って、要望を通させてもらった。

ところが、その先に、また新たな岐路があって、大きな判断を迫られることになった。『わたしのいるところ（*Dove mi trovo*）』という長篇は、もともとイタリア語で着想して書いた。英語の読者には、どのように届けたらよいだろう。私が自作の翻訳をためらっていたのは、ナルキッソスの教訓が気になったからでもある。もし訳すなら、その原文に立ち戻り、じっくり時間をかけて、新しい言語で見つめ直すことになるだろう。それを私の視点から行なうというのでは、まるで自分一人で応答しているようなもので、とんでもない鏡の間に入り込むことになりかねない。もう一度、同じ物語と取り組んで、すでに書いた文章の再調整をするのだ。ナルキッソスが「ぼくは彼だ！」と気づいて叫んだような悲痛な瞬間が来てしまう。それは避けたかった。また同時に、自分のエコーにもならなければいけない。自作を翻訳する作家には危険があるのだとよく言われる。自身が唯一の基準であれば、もう従うべきルールはないのだから、訳すというより書き直してしまうかもしれない。基準となる他者が存在しないとしたら、素直に、誠実に、という心がけには、どんな意味があるのだろう。

　自作を訳すのであれば、正統・派生という階層構造は消え失せる。二つのオリジナル作品を生むのだから、いわば双子ということで、たとえ一卵性のように似ていなくても、それぞれが同一の親から生を享けて、そのまま併存することになる。ちなみに翻訳と模作を比べても――その延長で言えば、エコーとナルキッソスの関係にも――すっきりした区分はない。[3]

　最後に、もう一度、この神話に戻ろう。結局、ナルキッソスが別れの言葉を発するのは、身体性の消失したエコーの存在があればこそだ。ナルキッソスは、自身ではなく、エコーの声に送られて去る。エコーは失意に落とされながら、彼の悲しき最期に反応して、その言葉のみならず心情までも繰り返す。「それでも、憤りつつ、思い返しつつ、この有様を嘆く彼女は、哀れな若者が『ああ、何と』と言うたびに、『ああ、何と』の声を響かせた」。この行動に見えるのは、翻訳者に必要なもう一つの資質、すなわち共感する力である。彼女は冥界にまで追っていって、哀悼の声に加わる。「樹木の精《ドリュアス》が悲嘆にくれると、エコーもまた悲嘆した」。ナルキッソスは花に変身して、美しく復活するのだが、しかし沈黙したきり、孤独になって、共感がなく、魂を欠いている。自身を越えて他者と唱和するのはエコーである。あとに残って、なお声を響かせる。

　彼女の物語、その案外な強さを思えば、翻訳とは――反復、変換、投影、再生を一挙に行なって——文学生産の中枢にあるもので、それに付随するのではないという認識を新たにする。歴史上、文学の隆盛期となった時代には、作家と翻訳家の区別が曖昧になり、一方の活動が他方を補強し、活性化していた。古典時代のローマ、またルネサンス、そしてイタリアで翻訳が勢いを得た一九三〇年代——評論家エミリオ・チェッキの言う「文学革命」の時期——そのほか多くの例が挙げられよう。もし翻訳をしないとしたら、作家には不利な条件になる。ナルキッソス同様に、良くも悪くも、眼前に自身を見ている状態から抜け出せない。その反対に、翻訳をする作家には、ある一つの言語の限界——これは重大な認識だと私は思う——が見えるだけに、思いきった一歩を踏むこともできるだろう。翻訳をする作家には、よく知らなかった水源から泉が湧くように、新しい知識がもたらされる。それが養分になって、より広く、より深い文学上の対話へと向かうに違いない。[4] 翻訳によって、さまざまな可能性の領域が開かれる。予想もしなかった道が見えて、作家の仕事に新しい方向性とインスピレーションをあたえる。変容させることさえあるかもしれない。翻訳とは、鏡をのぞいて、自分ではない姿が見えるようなものだから。

ローマ、二〇一九年

1　グレン・W・モストは、ローマ文化における翻訳の重要性を論じて、オウィディウスそのほか、ラテン語詩人の名を列挙している。詩人たちは、「ラテン語の資産を増やし、読者の経験を広げるとともに、自身の技法に磨きをかけ、ローマ文化の独自性を確立しようとする目的で、ギリシャ語の作品、その断片、あるいは学校で習うような名句までも、ラテン語に翻訳するという方法をとった」

2 用例として以下を参照。「私はギリシャ語で読んだことをラテン語で書いた（Latine redderem）」［キケロ『弁論家について』（1.34.55）］また「これだけ多くの人がいて、誰一人、ありきたりな言葉でさえラテン語に訳せそうに（reddere verba queat）ない」［オウィディウス『悲しみの歌』（5.7.53-54）］

3 モストの記述だと、「どこまでが翻訳で、どこからが模作なのか、そのポイントを見極めるのは容易なことではない」

4 マリウス・シュナイダーの言い方では、「模倣が知識になる。反響は模倣の典型例だ」（サーロットによる引用）

5

強力な希求法への頌歌 自称翻訳家の覚え書き

φανερὸν δὲ ἐκ τῶν εἰρημένων καὶ ὅτι οὐ τὸ τὰ γενόμενα λέγειν, τοῦτο ποιητοῦ ἔργον ἐστίν, ἀλλ' οἷα ἂν γένοιτο καὶ τὰ δυνατὰ κατὰ τὸ εἰκὸς ἢ τὸ ἀναγκαῖον. ὁ γὰρ ἱστορικὸς καὶ ὁ ποιητὴς οὐ τῷ ἢ ἔμμετρα λέγειν ἢ ἄμετρα διαφέρουσιν (εἴη γὰρ ἂν τὰ Ἡροδότου εἰς μέτρα τεθῆναι καὶ οὐδὲν ἧττον ἂν εἴη ἱστορία τις μετὰ μέτρου ἢ ἄνευ μέτρων) · ἀλλὰ τούτῳ διαφέρει, τῷ τὸν μὲν τὰ γενόμενα λέγειν, τὸν δὲ οἷα ἂν γένοιτο.

—*POETICS* 1451A-B

ἐπεὶ γάρ ἐστι μιμητὴς ὁ ποιητὴς ὡσπερανεὶ ζωγράφος ἤ τις ἄλλος εἰκονοποιός, ἀνάγκη μιμεῖσθαι τριῶν ὄντων τὸν ἀριθμὸν ἕν τι ἀεί, ἢ γὰρ οἷα ἦν ἢ ἔστιν, ἢ οἷά φασιν καὶ δοκεῖ, ἢ οἷα εἶναι δεῖ.

—*POETICS* 1460B

右の引用は、アリストテレス『詩学』の中で、それぞれ別の章にある一節だ。二〇二〇年、プリンストン大学の古典文学セミナーでは、この引用を出発点として活発な議論が展開された。この年のセミナーは、「あるべき論であるべきか――人文研究の問いかけ」と題して、かの最強の動詞表現「〜であるべき（“should”）」にまつわる哲学的な意味を、いくつかの学問分野を横断して考えようとする企画だった。アリストテレスの見解をガイドラインとした上で、パネリストに用意された論題は、文学とは期待感を明確に表現できるのか（するべきなのか）、そのようにして社会・政治を変革する手段になるのか（なるべきなのか）、そして歴史もまた、かもしれない、ねばならない、の観点から語られるものなのか、ということだった。

私は作家としての意見を求められていたのだが、しかし翻訳家でもあるのだから、英訳の別ヴァージョンを比較すればおもしろいと思って、とうの昔にかじったことのある古代ギリシャ語の知識を久々に引っ張り出す気にもなった。それで検証するうちに、アリストテレスが詩と歴史を区別して言うことに、私自身がどう関わっているのか、はっきりしたような、かえって難しくしたような結果になった。といって驚くまでもない。ある言語の外へ踏み出して、別の言語に踏み込むとしたら、そうなるのが当たり前だろう。

第一の引用文で述べられているのは、詩人と歴史家の違いである。とりあえず書斎にあった英語版を見ると、イングラム・バイウォーターによる翻訳で、一九二〇年の刊行となっていた。百年たった現在でも、すんなり読める。また私に言える限りでは、三つのキーポイントで、アリストテレスの文章構成にうまく対応している。この英訳には古典学者ギルバート・マレイによる序文が添えられていて、その中でマレイは、「外国の名著を翻訳で読むとして、もし当該の二言語が共通概念の蓄積によって運用され、また文明の時代区分が重なるのであるならば、理解は充分に可能であろう」と言う。「しかし、古代ギリシャと現代イギリスでは、あまりにも大きな人類史の間隔が口をあけている。『詩学』の最初の数ページを見ただけでも、出てくる名詞にぴたりと相当する英語がある場合は、十に一つもあるだろうか」

そのような使用上の注意を知った上で、バイウォーター訳による1451A-Bを見ると、次のようになっている。

> ここまで言えば、もう見えてくるだろう。詩人の働きは、すでに生じたことではなく、なお生じるかもしれないことの叙述にある。すなわち、蓋然ないし必然としてあり得ることを述べる。史家と詩人の区別は、書くものが散文か韻文かということではない。たとえばヘロドトスの著作を韻文に書き直したとしても、なお一種の史書であるにとどまろう。一方はすでにあることを語り、他方はあるかもしれないことを語る、という点にこそ両者の違いがある。（第九章）

この比較論において、アリストテレスは同じようなことを二度言っている。いわばサンドイッチ式の論法で、パン、具材、パンという重ね方をする。一枚目のパンでは、もっぱら詩人の働きを語って、その際、「〜ではなく〜である」という相関した構文をとる。ギリシャ語では否定の副詞“ou”《ウー》と接続詞“alla”《アッラ》が、これに対応している。こうして「すでに生じたことではなく、なお生じるかもしれないこと」を叙述するのが詩人だという。それから具材をはさむように歴史家の話が持ち出され、ここで第二の否定が来る。すなわち「史家と詩人の区別は、書くものが散文か韻文かということではない」として、ヘロドトスを引き合いに出す。それから結論となる二枚目のパンがあって、歴史家は「すでにあること」を、詩人は「あるかもしれないこと」を述べるのだという。だが今度は「〜ではなく〜である」のような対立の表現をとらず、ギリシャ語の“mén”《メン》と“dé”《デ》、つまり「一方は〜他方は〜」と並列する。つまり、まず二項を対立させてから、あとで双方の重みにバランスをとって終わる。その意味では、もうサンドイッチ論法とは言えず、「ない」「ない」「一方・他方」ということで、話の運び方としては、二枚のパンの上に具材を載せたような順序になる。

さて、その次に見た英訳は、S・H・ブッチャーによる一九五五年版である。これは大学の研究室に置いているのだが、院生時代には下線を引きながら読んだものだ。すでに見たバイウォーター訳と同じく、このブッチャー訳でも、まず二つの「ない」を重ねてから、そのあとにキーとなる一文を結びとして——すでに言わんとしたことを補強するように——対比する二項を併存させる。

さらにまた、ここまで言えば明らかだろうが、詩人の働きは、すでに生じたことではなく、生じるかもしれないことの記述である。蓋然性、必然性の法則から、あり得ることを述べる。詩人と史家は、韻文と散文を書くから違うのではない。ヘロドトスの著作を韻文に書き直すこともできようが、たとえ韻を踏んでいたとしても、なお一種の史書であるにとどまろう。どこに違いがあるかと言えば、一方はすでに生じたことを語り、他方は生じるかもしれないことを語るのである。（第九章）

この訳でも、「ない」「ない」「一方・他方」というパターンが出ている。大きく異なる一点を挙げれば、バイウォーターが最後に「ある」という動詞を使うのに対し、ブッチャーは最後まで「生じる」にしていることだろう。二つの英訳を見比べて、私が注目したくなったのは、「かもしれない」の部分（前者では“might”で、後者では“may”という助動詞）である。どちらの訳でも、段落の第一文に出て、また最後にも出てくる。バイウォーターは“might”を、ブッチャーは“may”を続けて、ともに一貫している。もちろん英語では近縁の用語で、いずれを使っても大差ないとは言えそうだ（もちろん“might”には同形の名詞もあって、それなら「力」の意味になるけれど）。

英訳で「あるかもしれない」「生じるかもしれない」と表現される箇所は、ギリシャ語だと“genoito”《ゲノイト》である（その不定詞形は“gignesthai”《ギグネスタイ》で、「ある、生まれる、生起する」の意味）。この力強い動詞を、アリストテレスは希求法で用いている。これは古代ギリシャ語にある四つの叙法のうちの一つで、願望の表現になる。私の古ぼけたギリシャ文法の知識を煤払いして言うなら、希求法には二つの主要な機能があり、一つは未来の願望を述べて、「かもしれない、できることなら、願わくば」のような期待感を表す。もう一つは、“an”《アン》という小辞がついて、ある事象が発生することもあるのだと示す。つまり可能性を言うための用法で、「英語であれば、may, can, might, could, would などのような、可能性表現に、ほぼ相当している」[1]。アリストテレスが第一の引用文の最後に使ったのは、この希求法である。

ラテン語だと、希求法ではなく、接続法という分類に置き換わる。これは文法現象の雑多な置場のようなもので、曖昧、不確定、ともかく何とも言いきれないことが突っ込まれる。英語でも仮定法と呼ばれて存在するが、ふだん英語を話している人に、では仮定法とは何ぞやと尋ねても、もやもやした答えしか返らないだろう。ともかくも、右の引用文を英語で考えようとするならば、アリストテレスが〝genoito〟という動詞で伝えようとした意図と、英語で読む現代人が（希求法を知らず、仮定法の意識も薄れて）どうにかひねり出そうとする解釈には、ぽっかり穴のあいたような間隔があると思うのがよい。

前述のように、セミナーのタイトルは「あるべき論であるべきか――人文研究の問いかけ」というものだった。これは右の引用ではなく、『詩学』のずっと後段にある章から採られていて、それが冒頭に挙げた第二の引用である。さきほどは詩人と歴史家の比較論だったが、今度は詩人の果たす役割に焦点が絞られる。

該当する箇所を、バイウォーター訳、ブッチャー訳で示しておこう。

詩人は模倣をするのであって、画家のような、あらゆる似姿を制作する者とも同じく、いかなる場合であれ、三相のうちいずれか一相によって模すしかない。「そうであった、そうである」「そうである、そうであった、と言われるか思われる」「そうあるべきである」

詩人は模倣をするのであって、画家そのほか、いかなる芸術家とも同じく、三つの対象のうち、その一つについて模倣するしかない――「そうであった、そうである」「そうであると言われるか思われる」「そうあるべきである」（第二五章）

どちらの訳も、最後の「そうあるべきである」は同一だ。また、ほかの動詞表現に続いた分だけ薄まって、あくまで一つの選択肢として提示される。三つのうちの一つというにすぎず、唯一可能な描出法とは見なされない。ここでギリシャ語の原文を見直したら、さっきの引用箇所とは動詞が変わっていることに気づいた。アリストテレスは“gignesthai”（英語の“happen”のような勢いがある）ではなく、“einai”《エイナイ》を使っている。どっしり静かな「である」の意味であって、ぐらりと揺れ動くような「生じる」ではない。ブッチャーは第一の引用では“happen”を使い、第二の引用では“be”として、この変更を模写しようとしたのだが、バイウォーターはどちらも“be”にしている。ただ、アリストテレスが英語ではどちらの訳で読まれたいと思ったかというと、もはや推測の域でしかない。

　ともあれ願望とは、文学作品にとって、いつも大事なものだろう。私は小説を書くようになってまもなく、登場人物には願望を持たせておくのがよいという要領を覚えた。英語の「望む（“desire”）」は、元を正せば、ラテン語の“desiderare”に由来して、「星からは遠く」という字義をたどれる。そうであるなら、願望とは「距離、不在、不満」を含意することにもなろう。はるか遠くに願いをかける。その中間の大きな虚空に、火山のような力を秘めて、希求法の動詞“genoito”がある。

　この夏、私はある作家仲間の友人と、長年の宿願だったことを実行した。ホラティウスの抒情歌集『カルミナ』第四巻を、いずれはラテン語の原文で読まねばと思っていたのだ。まず取り組んだのは第十歌で、これはデイヴィッド・フェリーの英訳だと「リグリヌスに」という題がついている。原文では八行の詩の中で、ホラティウスは欲しくなった美少年のことを謳う。ラテン語で読んでいると、四回出てくる未来時制が気になった。じつは詩人の心情を投影する仕掛けになっているのだが、リグリヌスを鏡の前に立たせたことも、テーマの補強になっている。リグリヌスは最後にようやく言葉を発して、嘆きの声を上げる。「ああ、若かりし昔の僕はどうだった。ああ、いま知ったことを、知らずにいた。ああ、知らずにいたことを、知ってしまった」。ここで「ああ！（alas!）」と三度繰り返される嘆きの声は、ラテン語には（“heu”という語で）一度しか出ない！　ただ、そのような嘆きを、リグリヌスが言うだろうという趣旨は原文にも見えている。しかし、どうだろう。リグリヌスの嘆きとされていながら、これまた詩人からの投影ではなかろうか。

この第十歌では、欲望と失望が二重写しになっていて、語り手にはリグリヌスへの欲求が満たされず、リグリヌスには見逃していた観点が悔やまれる。まずラテン語の第一行にある“potens”という語が印象に残った。「力がある」という意味の形容詞で、英語では「ポテンシャル（“potential”）」の語源になる。詩の真ん中で転換点となる位置には、「もう変わった」という意味の分詞“mutatus”がある。どんなポテンシャルも、それが実現するとしたら、あるものから別のものへの変化を伴っているだろう。創作の過程にあっては、そして翻訳でも同じことなのだが、ある一つのものが——体験や、記憶や、文章が——それまでとは違った形態をとるという波乱がある。文学は規範を語るのではなく、思いを巡らすものだ。そのことは原詩でも鏡のイメージが見事にとらえているが、さらに英訳では後半の数行で、不完全な映像を投げ合うように、その印象を強めている。

さて、何世紀も飛んだ話として、私は短篇の書き方を指導する際に、ヘミングウェイのごく短い作品を学生に読ませることがある。「雨の中の猫」という短篇なのだが、アメリカ人の夫妻がイタリアのホテルに泊まっていて、ちょっとした行き違いから、その関係が危機に瀕する。簡単にまとめれば、こういうことだ。妻が部屋の外を見ると、テーブルの下に猫がいる。つかまえてこようとしたら、もう猫はいなくなっていた。不満を抱えた妻は化粧台の鏡に向かって、じっと自分の姿を見ているが、猫が欲しくなったことをきっかけに、ほかに思いつくものが出る。まず髪型を変えたくなって、「もっと伸ばすのがいいと思わない？」と言う。そして欲しいものが増える。

きゅっと髪を引いて、うしろで大きく結んだら、いい感じかも……子猫を膝の上に載せて、撫でるとうれしそうに鳴いて……食卓には専用の銀器をそろえて、キャンドルも立てたい。春になればいい。鏡の前で長い髪をとかして、子猫がいて、服も買いたい。

だが夫は、いいから本でも読んでいろと言う。あれこれ欲しいものを聞かされて、つまらない愚痴だとしか思っていない。

古代ギリシャ語に願望の表現がしっかりと組み込まれていたように、この暗い短篇でも、願望は奥深い要因になっている。ヘミングウェイがそうと明かすことはない。心にうごめく真相は、現実とは裏腹のまま、「かもしれない」の領域に根を張っている。アリストテレスからは何光年も離れたような作品が、やはり“genoito”（そうかもしれない）の力を持っているのであって、たとえば一年後には、この夫婦は別れているかもしれない。ヘミングウェイも鏡を小道具に、反復や時間をちらつかせて、ストーリー自体の構成では届かない時と場所までの投射をする。

とかく物事は思うようにいかない。どうにか変わらないものかと誰しも躍起になっている。作家のメイヴィス・ギャラントは「変化の衝撃」という言い方をして、それがあると書きたい衝動も出るのだと述べている。「おそらく知覚から想像へのドアが、ごりっとこじ開けられているのだろう。それでもうドアは少しでも開いたままになる。あるいは記憶と言語と白昼夢が溶け混じる衝撃とでも言おうか。作家によっては、すぐに見えるものと見えるかもしれないものが、初めから視野に重なるように生まれついているかもしれない[2]」

たしかに「変化の衝撃」があって芸術が触発されることは多い。しかし一方で、いかなる変化であれ、芸術はそのための道具ではなく、道具であるべきでもない。芸術は、ひとたび社会、政治の目的と合体すると、もう失血したように、本来の意義を見失う。世界を変えることを主目的とせず、いかなる現象があって、どのような結果をもたらすのか、その変化変転を探究しようとするのが芸術だ。歴史は変化を達成し、その評価もするだろう。だが芸術は、シェイクスピアそのほかの文学者が言ったように、鏡をかざすものである。その鏡を、ホラティウスは詩の中に、ヘミングウェイは短篇の中に置いた。アリストテレスもまた、さきほど検討した引用文において、ほとんど自身の言葉を鏡に映すように論を進めている。芸術は、人生を観察し模倣しながら、人間とはどうしてどうなっているものなのか、アリストテレスのように、いくつかの見方を立てて、知恵のある迷い方をする。

ギリシャ語で希求法を指す用語は、「祈る、乞う、望む」という意味の動詞“εὔχεσθαι《エウケスタイ》/ euchesthai”

から来ている。もし文学そのものが言語の体系だとしたら——私はそう思っているが——主たる動詞の用法は希求法であるだろう。文学は「ここ、いま」を越えた投射をする。ほかの結果もあったろうに、と必死に願うこともある。

もし私に一つ願いがかなうなら——ずっと昔に習った古代ギリシャ語の知識を復活させて、最初に引いたアリストテレスの文章を訳すなら——"may"よりも"might"を重視して訳したい。もちろん"may"が悪いわけではないし、"might"が絶対の適訳なのでもない。翻訳とは、どこかで選択を迫るものだ。賢明な選択もあれば、苦渋の選択もあって、いつも不安を拭えない（ここでラテン語の"optare"という動詞に、「選ぶ」と「願う」の両義があることを思い出してもよかろう）。翻訳をしていると、「かもしれない」と思うことはいくらでもあるが、「こうあるべき」は少ない。言葉の意味が、いつも荒海の小舟のように揺らされる。そうであれば、セミナーの主題になっていた「あるべき」は、じつは想像力、創造性とは対極にあるのだろう。想像、創造には、いわば神託のような、つかみどころのない力が働いている。もっともらしい合理性だけでは決まらない。

というように、翻訳を通して考えると、英語の"might"に二つの意味があること、つまり名詞としての意味を合わせて、「力」でも「可能性」でもあることは、じつに多くを語って、また詩的でもあるのだと気づく。それはホラティウスのラテン語"potens"（「力強い」）も同様で、この形容詞は、"posse"（「能力がある」）という動詞に由来する。つまり、何かをするために、その方法、強度、容量、許可、権限、自由があるということ。だが、自由とは、所与の条件ではない。文学者は、この方法、強度、容量、許可、権限、なかんずく自由に依拠した上で、空白のページに向かって、たった一語でも、あるいは空白が埋まるまでの何語でも、ページに文字を書きつけた。その片隅に「あるべき」は潜んでいなかった。文学の力強さ、その無限のポテンシャルは、そういうところにある。

ローマ、二〇二〇年

1　ウィリアム・ワトソン・グッドウィン『ギリシャ文法』（一九八八年）による。

2　『メイヴィス・ギャラント短篇集』（一九九六年）の序文から。

6 私のいるところ　自作の翻訳について

『わたしのいるところ（*Dove mi trovo*）』という小説をイタリア語で書いてから、それが英語版に変わるということを、誰よりも私自身が思っていなかった。もちろん翻訳不能とは言わない。どんなテキストでも、うまくいくかどうかは程度の差で、絶対に無理ということはない。スペイン語、ドイツ語、オランダ語など、他言語への翻訳が始まった段階では、私が懸念を抱くまでもなかった。いや、そういう企画が立ったのだと思うとうれしかった。ところが、私がイタリア語で着想してイタリア語で書いた本を、今度は最もよく知っている言語で――つまり、その本を誕生させるために、きっぱりと距離を置いたはずの言語において――同等品として制作するとなると、どうにも踏ん切りがつかなかった。

『わたしのいるところ』の執筆中には、イタリア語以外を考えることは不適切だった。まっすぐ前を見て運転するようなものだ。ほかの道路に気を回して、あっちを走るにはどうするか、などと計算したら危ないに決まっている。それは運転も執筆も同じだろう。

ところが、まだ書いているうちから、するっと影が差すように、二つの疑問が出た。（1）いずれ英訳ということにでもなるのか、(2) そうしたら誰が訳すのか。こんな疑問が出るのは、私自身が英語の物書きだからである。過去にはずっと何年も英語だけで書いていた。その私がイタリア語の作品を書くとしたら、では英語版はどうするかという着想が、真冬に芽を出す球根のように、早くも頭をもたげてくる。私がイタリア語で何を書こうと、それは同時に――もはや運命と言うべきか――英語としても潜在するようにできている。やや語弊はあろうが、配偶者をなくした人に、もう区画の決まった墓地がある、というイメージを思いつく。

翻訳には重大な責任がある。いわば臓器の移植や、心臓の血管手術をする医師のような、ぎりぎりの操作をする。では今度の手術は誰が引き受けるのかと、さんざん考えてしまった。私よりも以前の、やはり他言語に移住した作家たちのことを思った。自作を訳すこともあったろうか。そうだとしたら、どのあたりで訳すから書き直すになったろう。私は自分を裏切ることを警戒した。ベケットの場合には、自作をフランス語から英訳する際に、はっきりと変更を加えている。ブロツキーもロシア語の詩に、かなりの改変を施して英訳した。アルゼンチン生まれで主要な作品をイタリア語で書いたファン・ロドルフォ・ウィルコックは、もっと「忠実に」スペイン語に訳していた。同じくアルゼンチンのボルヘスは、スペイン語と英語のバイリンガルで育って、スペイン語に翻訳する仕事を数多く手がけたものの、自作の英訳については他の訳者にまかせていた。レオノーラ・キャリントンも、英語を第一言語としていながら、フランス語、スペイン語で書いた短篇を訳す面倒は、人にまかせることが多かった。イタリアの作家アントニオ・タブッキもまた、傑作というべき『レクイエム』をポルトガル語で書いたが、その翻訳を手がけたのは別人である。

ある作家が別の言語へ移ってから、あとで以前の言語に立ち戻ると、逆の越境、帰還、里帰り、と見られることもあるだろう。だが、そう思ったら間違いで、私だって帰ろうとしたわけではない。『わたしのいるところ』を自分で訳そうと決めるよりも前から、もう「帰る」という感覚はなくなっていた。イタリア語にどっぷりと浸り込んでいたので、いまさら英語に戻ったところで、息継ぎに浮上するような気休めにもならないと思った。すでに重心は移っていた。少なくとも、動きだして揺れていた。

＊＊＊

『わたしのいるところ』の執筆は、二〇一五年の春にさかのぼる。それまで三年間イタリアに住んでいた私は、おおいに悩んだ末に、アメリカへ戻るという決断をした。ふだんノートに書きつけているメモのような言葉が一冊の本にまで成長するとは——どんな企画でもありがちなことだが——当初はまったく予想していなかった。その年の八月にローマを離れ、アメリカへ持ち帰ったノートは、ブルックリンの家の書斎に放置した。いまにして思えば、ノートを休眠させていたのだろう。冬になってローマに戻ってから、また旅の道連れになっていたノートを何度となく見返して、いくらか追加で書き込むこともあった。その翌年、今度はニュージャージー州プリンストンに移ったのだが、二カ月に一度くらいはローマに飛んで、短い滞在もあれば、夏を過ごすこともあった。いずれにせよ、ノートは手荷物の中に入っていた。二〇一七年には、もうノートが一杯になって、それを元に私は原稿を打ち出していった。

二〇一八年、大学から研究休暇をもらったおかげで、出版までの丸一年間、ふたたびローマで暮らすことができた。その英語版はどうするかと聞かれると、まだ早い、考えていない、と答えた。もし翻訳をするとしたら、また他人の翻訳を評価するだけでも、その原書を熟知していなければならない。手術室に入る外科医に、生命体としての患者をしっかり把握してもらいたいのと同じである。私は、もっと時間を置きたい、まだまだ足りない、と思っていた。作品との距離をとって、出てくる疑問に答えを出して、イタリアの読者からの反応も知りたい。この小説を書き上げてはみたものの、移民だった両親が私を育てる感覚もこんなではなかったかという気がした。生まれた子供は根っからの外国風で、自分の子であるような、ないような、しかし血肉を分けた存在なのである。

いずれは英語版も出るのだろう、ということで、まもなく二派の勢力ができあがった。一方の陣営からは、私が自分で訳すのがよいと言われた。すると別方面からも攻勢がかかって、そんな作戦には手を出すなと言われた。その前者に対して、私は外科医の話を持ち出すことがあった。もし医者が病気になったとして、自分でメスを持って手術する人が、どこにいます？　それよりは他人の手を信用するものじゃありませんか？

イタリアで翻訳をしている友人で、第二陣営の論客だったジョイア・グエルゾーニに勧められ、フレデリカ・ランダルという翻訳家と会うことにした。アメリカ人だが、もう何十年もローマを拠点に、イタリア語を英語に訳す仕事をしていた。私の住所からも遠くなく、ちょうど小説の舞台になった（とまでは特定しないが、そのように言えなくもない）地区である。では最初の十ページかそこら訳してみましょう、と彼女が言った。その調子を見ながら、あとでまた、ということなので私も安心した。うってつけの人である。練達の訳者というだけでなく、書いた私が遠く及ばないほど土地の事情に親しんでいる。

あとで彼女の作業が終わったら、私からの意見を一つ二つ出させてもらってもよいとは思った。あくまで訳者を尊重して、参考までに、ということだ。老婆心かもしれない。かつて私の旧作がミラ・ナイール監督に映画化された際は、そういう心地になった。今回は、前作『べつの言葉で』がアン・ゴールドスタインに英訳されたときよりも(その当時、私は英語と復縁することを警戒して、いかなる世話役にもならないつもりだった)、もう少し関わりを持ってもよさそうな気がした。しかしまた心の奥底では、この本は英語では立ち行かないだろうとも思っていた。もし英語版ができたら、そのことが露骨に見えてしまう。もちろんフレデリカの責任ではなく、原作そのものの欠陥として、たとえば切ってみたら中が腐っていたジャガイモかリンゴのように、これでは使いものにならず、どう料理しても仕方ないとわかる。

と思いきや、試訳した分を見せてもらったら、ちっとも腐っていなかった。しっかり意味が通っている。ほかの言語に移されても無事なだけの生気が、元のイタリア語にもあったようだ。すると、この時点で、意外なことがあった。私が陣営を鞍替えして、自分で引き受けたくなったのだ。じつは似たような話で、その年の夏に、娘が水中で宙返りするのを見ていて、あれを私も覚えたいと思った。くるりと回って泳ぐとは、なんとまあ恐ろしいとしか思っていなかったのだが、あの日、娘のおかげで、ああいう要領なのかと知った。それと同じ曲芸を、私の本にもさせてやる。フレデリカは、ずっと長いこと英語とイタリア語にまたがって暮らしてきた人で、骨の髄まで超党派である。私が自分では訳す気がしないと言った当初には、そういうこともあろうと考えた。いま私が心変わりしていると聞いても、それで驚いたりはしなかった。娘と同じで、やってみたらいいと応援してくれた。新しい領域に踏み込む場合にはありがちなことだが、娘に見本を示されたように、彼女という実例があってこそ、この越境ができると私にも思えたのだった。

というわけで決断したのだが、まだローマに身を置いていた（私にはイタリア語を英訳するインスピレーションが働く町ではない）。ローマに住んで執筆するかぎり、重心はイタリアにかかっている。やはりプリンストンに戻る必要があった。そうすれば、英語に取り巻かれる環境から、ローマを懐かしむ心地になる。私にとって、イタリア語を訳すのは、この愛する言語から遠く離れて、なお接触を保つ方法なのである。翻訳をするのは、言語の座標を変えること、すり抜けたものをつかむこと、あえて離れて生きること。

＊＊＊

翻訳を開始したのは二〇一九年。秋学期の初めだった。フレデリカの試訳を見ることはなかった。というより、もう隠してしまった。本の全体は四十六章という構成で、どの章も短めである。一回の作業で一つの章に取り組もうと思った。その作業を、週に二度か三度——。いざテキストに向き合ったら、こういう隣人もいるだろうという感覚があった。熱烈でもないが、まずまず友好的に迎えられる。ふたたび分け入って進もうとすると、この本は、そっと慎重に道をあけてくれた。たまに障害物があって、どうしようか考えさせられた。あまり考えすぎて立ち往生するよりは、とりあえず最後まで行こうと思って、踏み越えることもあった。

ひとつ大きな障害となったのはタイトルである。字義通りに訳せば“where I find myself”なのだが、この英語だと無理に作ったような響きを感じた。それでタイトルは未定のまま、あと何章か残していた十月末に、ローマ行きの飛行機に乗って、離陸からほどなく、“whereabouts”という言葉が、ひょっこり頭に浮かんだ。原題に使った“dove mi trovo”はまったく素直なイタリア語で、どうにも訳しようがなかったが、この英語も同じように動かしがたい。私の英語とイタリア語の生活を分けている大海原の上空で、やっと原題が――別の言葉で――自分を見つけた。いるところが決まった。

まず第一稿を仕上げてから、少数の読者に限定して見てもらった。イタリア語は読めなくて、私のことを充分に、ただし英語の作家としてのみ、知っている人たちだ。すでに誕生から一年以上もたっており、また前述のように、イタリア語のみならず、いくつかの言語にもなっていた本なのだが、あらためて気を揉みながら待つことになった。そのうちに、ちゃんと理解して読めたという報告があって、ようやく、自分に手術するような荒療治も、それなりに効果があったのだと思えた。

こうして *Dove mi trovo* が *Whereabouts* に変身していくにつれ、当然なことだが、私は自分で書いた原作を何度も見返していて、いくつか気になることが出てきた。うっかり繰り返しになった箇所がある。いささか重宝しすぎた形容詞がある。辻褄の合わないところもある。たとえばディナーパーティの場面で人数の計算が違っていた。それでイタリア語版に目印の付箋をつけておき、あとでリストにしてイタリアの編集部に送ることにした。もし重版がかかれば、直せるところは直したい。ということで、この本の第二ヴァージョンを作っていたら、第三ヴァージョンが出てきた。自作を英訳するうちに、イタリア語の改訂版が生じたのだ。自分を翻訳していると、先行する原作の小さな傷でも弱点でも、たちどころに、苦しいくらいに、目立ってくる。さきほどの手術の比喩を続けるなら、自身の翻訳は放射性の色素を使った検査のようなものだろう。軟骨の損傷でも、どこかの閉塞でも、体内の不具合が透けて出る。

あからさまに見せられるのだから、たしかに心地よいものではないとして、また同時に、ありがたいことだとも思った。どこがおかしいか特定できるなら、対処する方法もさがせる。自身の翻訳とは、蛮勇の行為ではあるけれども、決定版という神話への思い込みを、すぱっと断ち切ってくれるものだった。ポール・ヴァレリーが、芸術作品は完成しない、未完に残されるのみ、と言ったことが、ようやく今回の仕事でわかったような気がする。どんな本でも、刊行までの経過には、たいした法則性がなさそうだ。たとえば生物の受胎・出産のような、想定される目安はない。もうよい、仕上がった、と思えば、それが潮時になる。あるいは著者が、さっさと片付けたい、出してしまおう、と思うかもしれない。編集者に持っていかれることもあるだろう。いまにして思えば、いままでの私の本はすべて早産だったかもしれない。こうして自作を訳していると、過去の作品を回復させて、最も元気のよかった(つまり制作中の)状態に戻し、必要に応じて修正・調整を施すことが可能になる。

一方で、自作の翻訳などあり得ないという見解もある。すでに書いたものを第一段階として、それを書き直す、あるいは強く編集する(というか改訂する)ことにしかならないという説だ。どうせなら直したいという誘惑には、賛否両論があるだろう。私について言うなら、イタリア語の原本を改修して、流麗典雅な熟成版を英語で制作しようとは、さらさら思っていなかった。もともとイタリア語で構想した小説を、あくまで尊重しつつ再生することが目標だ。ただし、もし瑕疵《かし》が見つかったなら、そこまで再生・保存するほどに無批判ではない。

英語版が、編集や校正の回を重ねて、組版の工程にさしかかった頃には、イタリア語版を修正したい箇所も増えていった。くどいようだが、どれも大勢に影響はないものの、私には見逃せないことだった。この二つのテキストが、並走するように、それぞれの過程をたどった。イタリア語版のペーパーバックが世に出れば——本稿の執筆時点では未刊だが——それは私にとっての決定版になるだろう。ただし、少なくとも当面は、ということだ。現在の私は、いわゆる「決定版」とは、母語のようなものだと考えている。少なくとも私の場合には、そういうこと。そもそも議論の余地があって、永遠に相対的な概念である。

＊＊＊

英語版のゲラ刷りを点検した初日は、コロナ禍のさなかだった秋のことで、私はプリンストン大学の図書館へ行き、座席の申し込みをして、白い大理石の丸テーブルと向き合った。顔にはマスクをして、優に百人は収容できそうな部屋に入室を許可された他の三人とは、かなりの距離を置いていた。英語版を見ながら、ある疑問点を確かめようとして、いつもの古びたイタリア語版を家に忘れてきたことに気づいた。私の内部で翻訳家に寄った部分が、この本の英語化に集中するあまり、無意識のうちにイタリア語から遠ざかろうとしたのだろう。もちろん——おかしなことであり、また大事なことでもあるが——翻訳の最終段階ともなれば、原語のテキストはほとんど眼中になくなっている。いつまでも原語がうろうろしていてはいけないのだ。私が初めて子供を登校させた日には、いやがる泣き声が聞こえてくるのではないかと心配で、なかなか校舎を出られなくなっていた。もう嘘でもいいから、あきらめて離れないといけない。自作でも、他作でも、それを訳して最後の点検をする段階では、たとえば海で泳いでいる人のように集中する。もはや海水の状態、感触だけしか考えない。大きな海流になったり海底に沈んだりする雄大な水に感心している場合ではない。言語への集中が高まると、それだけ視野は限定されるが、同時に、何かしらX線のような眼力も生じる。

英語版のゲラを見ながら、いつしかイタリア語の日記をながめて、訳了までの経過を振り返っていた。いまお読みいただいている文章は、英語で書き下ろしたとはいえ、もともとイタリア語で書いていたメモからの産物である。初めてバイリンガルに発想して書いたと言ってよいのかもしれない。そのテーマが、いみじくも自己の翻訳ということになった。以下、日記からのメモ書きをいくつか、イタリア語から訳して、ご覧に入れよう。

1　自作を訳すことがつくづく怖いと思うのは、訳される本が破綻して、壊滅への道をまっしぐら、という危険があるからだ。本の自己破壊か。それとも私が壊すのか。突き詰めた検証をされて、なお耐えられる本はないだろう。どこかで降参となる。読みに徹して調べつくすのは、本来、書くこと・訳すことにはあたりまえの追い込み作業。それがテキストを揺るがしてしまう。

2 この仕事は気の弱い人には向かない。ページ上のすべての語を、いやでも疑ってかかる。自分で書いた本を――すでに製本、出版されて、書店の棚にならんでいるというのに――あらためて不安な見直し作業に押し戻す。いわばフランケンシュタインの実験のような、そもそも無理筋の、自然の摂理に逆らった操作である。

3 自己翻訳は、前進して同時に後退するような、悩ましく逆説的な行為である。這ってでも前へと思いながら、なぜか後ろへの重力に引かれる緊張が持続する。しゃべっているのに黙らされるような感覚。それで思い出すのがダンテによる二つの三行連句で、折り重なる言語、ねじれた論理に、目がくらむようだ。「夢を見て苦しむ人のように、夢の中にいて夢であればよいと願うように、そうであるのがわからずに、そうであれと望んでいる。私もまた同じことで、ものが言えずとも許しを乞いたいと思いながら、すでに乞うているのがわからなくなっていた」[1]

4 書いた英語を読んでいて、何だかおかしい、この翻訳はまずい、と思うとしたら、いつも自分で書いたイタリア語を読み間違えているのが落ちだった。

5 今回は英語だけの出版である。『べつの言葉で』のような見開きの対訳式ではない。ただ、私としては、二つのヴァージョンの結合は、イタリア語がなくても、かえって強化されていると思う。一方は私が書いて、もう一方は私が訳した。この両者がテニスの試合でも始めたようだが、ボールはどちらの代表にもなって、ネット越しに行ったり来たりしている。

6

自作を翻訳すれば、すでに書き上げた本との関係が持続することになる。いわば時間の延長であって、もう暗くなりそうな頃合いに、まだ明るい。おやっと思うほどに日が延びたら、自然現象としてはおかしいが、なんだか魔法で得をしたようでもある。

7

自作の翻訳は、一冊の本に、その第二幕を開けてくれる。ただし、これは翻訳版よりも、むしろ原作について言えることだと私は見る。翻訳の過程で、原作は解体され、再建されて、その結果、再調整、再構成がなされている。

8

イタリア語を変更した箇所は、自分の目で見直して、たしかに、まだ緩んでいた。英語で引き締めた分だけ、イタリア語でもベルトをきつくすることが何度かあった。

9

私が私を翻訳して、すごく楽しかった側面もある。別言語への変換をしながら、私自身がこんなに変わった、ここまで深く変わるのか、と思っていられた。私が言語における接ぎ木をしたおかげで、英語との関わり方までも、根本から変わったことに気づいた。

10

英語版がそれだけで自立したテキストだとは、私には到底思われないだろうが、それはイタリア語のペーパー版も同じことだ。このペーパー版の成立は、まず英訳があって、その修正があった、という過程に負うところが大きい。両者は体内の器官がつながったようなもので、見た目には全然似ていないが、いわば結合双生児である。相互に栄養がもたらされて育った。いざ翻訳が進み出してしまえば、もう私はほとんど傍観しているだけで、双方からの供給、交換が、勝手に始まっていた。

11
私がイタリア語で書くようになったのは、イタリア語の訳者に頼る必要をなくしたかったからだと思う。過去に英語で書いた作品をイタリア語に訳してくれた人たちには、もちろん感謝するしかないとして、それとは別に、イタリア語で自分の言葉を発したい気持ちに駆られていた。それで訳者に頼るまいとしたのに、今度は自分が（逆方向に）訳す立場になった。私は自身の英訳をして、なおさらイタリア語に入り込んだ。

12
英語への変身を果たしたとはいえ、私の頭の中では、この本はイタリア語のままだとも言える。英語での調整は、あくまで原作を生かすために行なった。

＊＊＊

英語版のゲラを見ていたら、ある一文がすっぽり抜けていたことに気づいた。そこでは「ポルタジョイエ（"portagioie"）」という語が出てくる。主人公が最も美しいイタリア語と考える言葉だ。ところが、この文はイタリア語でなければ本領を発揮しない。英語なら「宝石箱（“jewelry box”）」ということだが、イタリア語の「ジョイエ」とは違って、「喜び《ジョイ》」と「宝石《ジュエル》」は同語になってくれないので、それだけ詩情が失われる。ともかくも見落としていた一文を追加したのだが、いくらか書き換えるしかなかった。これが最も大きな変更点だったかもしれない。訳注もつけることにした。できれば注は避けたかったのだが、ここでは、イタリア語での著者《わたし》と、英語での訳者《わたし》に、折り合える余地がなかった。

最後から二番目の章は、イタリア語だと“Da《ダ》 nessuna《ネッスーナ》 parte《パルテ》”という題がついている。これを私は“Nowhere”（「どこでもなく」）という英語にした。ほかの章では前置詞句でそろえていた題が、ここだけは一語の副詞である。そのことを指摘するイタリアの読者もいた。もっと原語に寄り添って、“In no place”とでもすればよいという。だったら変更しようかと考えなくもなかったが、結局、英語での音感を優先させて、副詞一つのままにした。全体の書名として思いついた*Whereabouts*とも共通する部分（where）があるので、これでよかったと思っている。

ある箇所では、自分をひどく誤訳していた。きわめて重要な一行だが、作業の終盤になって、やっと見つけた。もうイタリア語は振り返らずに、最後の点検というつもりで、英語のゲラ刷りを声に出して読んでいたら、この文は間違っていると思った。自分で書いた言葉の意味を、いつの間にか、まるっきりでたらめに変造していた。

また、やっと見つけたと言えば、ある英語の動詞表現についても、何度か読み返してから、ここは直そうと思った。私の脳のイタリア語サイドが、翻訳中にいいかげんな作用をしたようだ。英語では「歩を進める」（take steps）と言うところで、イタリア語だと“make”に相当する語を使う。私が二つの言語で読んだり書いたりするうちに、脳内に盲点が生じていたらしい。さんざん英語を見直してから気がついて、登場人物に〝make steps〟させずにすんだ。その上で言えば、たしかに英語でも「間違える（make missteps）」ことはあり得る。

さて、この英訳で最大の難関となったのは、私ではない二人の作家の文章だった。まずエピグラフに引用したイタロ・ズヴェーヴォ、そして本文中で引用したコッラード・アルヴァーロ。もともと私が自分で書いたのではないと思うと、どうしても責任を感じてしまって、懸命に取り組んだ。そういう箇所については、いよいよ印刷製本という段階になっても、すっきりした心地にはなれない。翻訳しようという願望は――他者の言葉にできるだけ接近して、自分の意識の境界を踏み越えようとするのだが――その他者がどうしようもなく遠くにいる場合には、なおさら切ないものになる。

＊＊＊

今回の英訳に向き合うためには、ほかの作家をイタリア語から訳すという経験を積んでいたことが重要だったのだと思う。私がイタリア語で書くようになった当初に、自作を訳そうとして思うようにいかなかったことは、『べつの言葉で』の中でも少々触れておいた。そこには私がいまだイタリア語の作家を訳したことがなかったという事情がある。当時の私は、新しい言語に深くもぐって、なるべく英語は避けようと必死になっていた。だが、もう一人の私という仮定を得るためには、まず他者を翻訳する私がいなければならなかった。

私は自作を振り返ることが苦手で、できれば再読したくないと思うくらいだから、『わたしのいるところ』の翻訳に適任だったとは言いがたい。なにしろ翻訳とは、読む、読み返す、という行為の最高度の集約形なのだ。これほどに何度も自作を読み返したことはなかった。もし私が過去に英語で書いた作品を読むのだったら、すっかり気が滅入ったろう。だがイタリア語を相手にしていると、たとえ自分で書き上げた本であっても、するすると手から逃げるようにつかみきれない。イタリア語は私の内部にあって、なお手の届かないものである。『わたしのいるところ』を書いた作家は、それを訳した作家と同じであって同じではない。というように意識が分裂するので、ともかくも緊張感はある。

ずっと以前から、自作の朗読を頼まれると、誰かほかの人が書いたものを読むのだと思えるように、心の調整をしている。つまり私の場合は、どの過去の作品にも、いまは絶縁していたい衝動が働く。そういうことが下地になって、自分の中に何人か別の作家が住んでいるような感覚が出ていたのだろう。本というものは、ある時点において、また意識や成長のある局面において、それぞれに書かれている。だから何年も前に書いた言葉を読むと疎外感さえも覚える。その言葉を書くことで生きていた人間は、もう別人になっている。だが疎外感は、良くも悪くも、距離感を生みだして、遠近感をもたらす。この二つは自分を翻訳するためには、とくに大事な条件である。

翻訳をしたおかげで、対象となる自作への意識が深まった。ということは過去に存在したある一つの私への意識が深まった。前述のように、いつもなら私は書いた本から急ぎ足で立ち去るのだが、『わたしのいるところ』には、その英語版ともども、愛着めいたものが残っている。通常の執筆が孤独であるのとは違って、翻訳という協業によってのみ可能な親近感から、そういう愛着も生じるのだ。

また、この作品にだけは、一応、受け入れる気持ちになれる。ほかの作品だと、ああすればよかった、こういう展開もあった、もっと書きようがあった、という迷いが消えない。『わたしのいるところ』は、自分で翻訳することにして、第二の言語で二度目の執筆をして、ほぼ同じものとして第二の誕生にいたらせた。それだけ緊密に、二重に、筆者との結びつきがある。では、ほかの作品との関係がどうだったかと言うと、それぞれの時点では情熱を燃やして、人生が変わるほど熱くなっていたが、どこかに限度があって温度が下がり、いまでは燃え残りになっている。

私が使っていたイタリア語の原本は、すっかりページが傷んで、あちこちに下線が引かれ、付箋だらけになっている。要訂正、要説明の目印につけたものだ。普通に製本されていたものが、ゲラ刷りを綴じたのと大差なくなった。ともあれ、この本を着想して書き上げた言語から、さらに翻訳をするということがなかったら、こうまで変更しようとは思いつかなかったろう。どちらのテキストにも、その内部から手を加えられるのは、私しかいなかった。ついに印刷されようとしている英語版は、いまや先行したイタリア語版との立場が入れ替わった。少なくとも著者の目から見れば、イタリア語版は書籍として熟成した形態ではなくなって、刊行前の最終段階に戻っている。いま現在、もう英語版は仕上がろうとしているが、イタリア語版にはもう少しだけ慎重な見直しが必要だ。こちらが原作だったというのに、ふたたび未完成になった感があって、英語版の後ろで順番待ちをしている。鏡の中の映像のように、そっくりな姿をとっているが、当然の帰結でも無理な結果でもあるものに対して、その出発点であるともないとも言える。

プリンストン、二〇二〇年

1　ダンテ・アリギエーリ『神曲』第一部「地獄篇」、マーク・ムーサによる英訳。

7 代替　ドメニコ・スタルノーネ『トラスト』への「あとがき」

書くということは、まず何よりも、言葉を選んでストーリーを語ることだ。ところが翻訳であれば、言葉を選んでいるのは原作者で、その一語ずつに訳者が鑑定の目を光らせる。とくに同じ言葉の繰り返しは目について、とくに解釈の分かれる語については、とくに悩ましいことになる。その一方で、もし著者が意図して繰り返したのなら、訳者も繰り返しておけばよい。だが一方で、その繰り返しは意図されたものなのかどうか。また著者の考えはともかく、訳者側の言語において、その耳の働きによって、ほかの解決策を解禁することもあるだろう。

この小説の中で、最も私の耳に引っ掛かったイタリア語は"invece《インヴェーチェ》"だった。噴火するように始まる第一段落だけで三回、全体の合計だと六十四回も出てくる。たしかにイタリアの口語では常用されて、私もよく知っている語だ。これは英語なら"instead"(「～ではなく」)に相当し、「むしろ」「逆に」「しかしながら」「その一方で」「じつは」など、広い意味をカバーする。もともと前置詞"in"と名詞"vece"を組み合わせた複合語で、後半の名詞部分は、「(交替される)立場」のような意味でよい。その語源はラテン語の"invicem"であって、これもまた"in"のあとに名詞

“vicis”が（対格の語形変化をして）つながっている。『トラスト』の英訳をして、その第一稿を仕上げた段階で、ラテン語の“vicis”をいくつかの辞書で引いてみた。英語でもイタリア語でも確かめたが、出てくる定義は次のようなものだった――変換、交換、取替、交代、継承、返礼、返報、報復、返済、場所、部屋、部署、任務、窮状、運命、時間、場合、機会、事態、また（複数形で）危険、危機。

では、言語史を早送りして、現代イタリア語の“invece”に戻ろう。スタルノーネは、意識しているのかいないのか、ともかく好んで使っている。これは副詞として働いて、ある概念を別の概念につないだり、ぶつけたり、関わらせたりする。ひとつのものが別のものに代わるように仕向けている。ラテン系の語根はしぶとく生き残って、英語にも“vice versa”（文字通りには「順序が代わって」ということで「逆もまた然り」）という成句をもたらす。その先頭部分（“vice”）だけを、ほかの語の前に置くこともあって、たとえば「副大統領（vice president）」は、必要とあらば大統領の「代行」をする。また“vicissitude”として、ある状態から別の状態への「移行」を意味する語もある。こうして三つの言語から“invece”を調べていたら、このイタリアの日常語である副詞が、『トラスト』という小説を下支えするメタファーになっていると思うようになった。もし『靴ひも』が内包で、『トリック』が並列だったとしたら、『トラスト』は代替ということに探究の重点を置く。小説がたどる経過として、何らかの「代替」が随所に見られるのだが、私が作品を英語化した過程もまたそのようなものだと言ってよい。つまり、代替を引き起こすように作用する“invece”は、翻訳そのもののメタファーになっている。

この言葉は、情勢が常に変化することを語ってやまない。もし一定の基準だけがあって、そこからの変化がないのなら、どうという波乱も展開せず、ぱたっと止まった状況があるだけだ。スタルノーネの愛用語ということで、あらためて考えれば、もし“invece”という概念が事情を複雑にして、そこから話が進むのでなければ、どの言語であっても、物語の筋書きにはならないだろう。これはもうホメロスの時代にさかのぼっても言えることだ。『オデュッセイア』の冒頭で、その主人公は「ポリュトロポス」、すなわち「曲折と転変」の人物だと書かれている。あえて繰り返すが、ある現実なり経験なり傾向なりが、それ相当の別のものによって意義を問われるのでなければ、ストーリーが動き出すことはない。

『トラスト』には一貫してシーソーのような原理が働いていて、この小説らしい特徴になっている。だが、もっとアドレナリンの出そうな遊具としては、ジェットコースターを考えてもよかろう（くねくね曲がるので英語では「ツイスター」とも呼ばれる）。じわじわ上昇して、そこから急降下しようとする直前に、一瞬、スタルノーネは時間を止めることがある。この激変にいたる瞬間を強調するのが、“proprio mentre《プロプリオ メントレ》”あるいは“proprio quando《プロプリオ クアンド》”、すなわち私の訳では“just as”（「その時」）、“just when”（「その刹那」）といったようなイタリア語であり、そこから急転して、ばたっ、がくん、さあっ、ぐるん、という動きが示される。スタルノーネの小説世界では、宇宙全体の法則にも呼応して、あらゆるものが変質、消滅、逆転の寸前にさしかかっている。そのような変化は（あるいは転変とでも言おうか）、ときに奇跡的、感動的になる。またトラウマや恐怖を生むこともある。スタルノーネの作品では、その両方になることがあたりまえだ。読んでいて（とくに訳していて）感じるのは、小説の中の時間を工芸のように仕組んでいく匠の技である。曲げて傾《かし》げて、たたんでくねらせ、遅くしては速くして、上げては落とす——。息を呑むパノラマを見せておいて、次の瞬間には、心臓の止まりそうな不安、原初の叫び、ヒステリックな笑いを引き起こす。スタルノーネは、そういう経路の仕掛けをして、おもしろがっているのではないか。私にはそんな気がする。

場所が変わる。趣味、趣向が変わる。人間も政治も変わる。スタルノーネの小説にはよくあることで、本作も二極の間を揺れ動く。過去と現在、ナポリとローマ、人生の出発と老年の境地。だが最も重要なのは役割の転換であって、それが教師と生徒という関係に生じている。この両者の力学は一般にわかりやすいものだろう。たいていの人は生徒だったことがある。ただスタルノーネは（また彼の訳者になっている私も）教える側に身を置いてきた。この小説が教育システムそのものに関与していることも確かだ。はたして、教える／教わる、とはどういうことか。なぜ教師は教え上手になろうとしなければいけないのか。そもそも教師とは、かつての生徒が役割の転換をしただけではないのか。どこまでが生徒で、どこから教師になるのか。生徒が教師を超えるほどに学習して、教師をへこますようになったらどうなのか――。この小説では、教師である男と、生徒だった女との恋愛関係が語られる。#MeToo 以後の時代にあって、そういう関係への読み方（および許容度）に変化はあったかもしれないが、それ自体は目新しいことでもない。生徒が教師に変わるとしたら、子供が大人になるような、あるいは愛人が配偶者に、父母が祖父母になるのと似たような移行の過程がある。いかなる役割も、そのままずっと固定されるものではない。本作が追いかけるのは、無名だった人物が成功を収め、窮乏していた生活に余裕が出るというような、人の一生についてまわる立場の揺らぎである。さらには人間の心、欲望の移ろいも追っていく。愛しているはずの人に代役を立てたくなったら、また子供の存在が関わるのであればなおさら、その衝動からは大変なドラマが生じる。

本作では、その核心のところで、何かしら言葉の交換がなされているのだが、それが読者に明かされることはない。そうした秘密の情報交換が、二人の人物——とりわけ男性の主役であるピエトロ——の運命を決めている。人物間で語られること（文字としてページ上には書かれない）には、すべてを転覆させる危険があって、混沌を招くことにもなりかねない。混沌とは、スタルノーネの小説にあって、いつも岸辺に寄せる波のように、はかない日常生活にひたひたと迫っているものだ。『トラスト』では、少なくともピエトロの観点から言えば、過去の愛人が言い出すかもしれないことに、世界を揺るがす可能性がひそんでいる。秩序を保つ（ピエトロとしては、ありきたりな人生の「筋書き」が、つつがなく展開してもらいたい）ということは、ものが言われないという前提に依存する。文学史をたどれば、ダンテからマンゾーニ、ヘミングウェイ、スタルノーネまで、ずらりと居ならんだ巨星が光を投げていて、作家とは沈黙を語るために、また言わないことが大事だと語るために、言葉を使うのだとわかる。『トラスト』にあっても、交わされたはずの言葉が、いわば氷山の下にもぐったように、報復の脅迫を隠し持って、危機の源泉になっている。

女に知性があって、はっきりしたことを言うとしたら、その発言は常に危険視されてきた。オウィディウスの『変身物語』では——いまスタルノーネについて書いている時点で、私は『変身物語』を訳そうとしている——女が舌を切られたり、エコーを返すだけになったり、枝を揺すって応じるしかない樹木や、言葉にならない鳴き声を発する動物に変えられたりする。こうした変身（ないし特異な変形）は、女性の声の一部または全部の損失につながる。損壊と言うべきかもしれない。父権支配、略奪行為からの釈放とも、その結果とも読めるだろう。オウィディウスにおける変身の瞬間を分析してみれば、たいていは何らかの代替が行なわれて、ある身体器官が別のものに置き換わる。たとえば足がなくなって蹄《ひづめ》になる。腕がなくなって木の枝になる。[1] というように整然とした交替が行なわれて、変容の全体像がそっくり見えてくる。必ずとは言えないが、多くの場合に、読者は順を追ってじっくりと変身の過程を案内され、どれほどにダイナミック、ドラマチックであるのかを知る。

　翻訳もまた、ダイナミックで、ドラマチックな変容だ。一語、一文、一ページごとに変換があって、ある言語で着想され、書かれ、読まれていたテキストが、ほかの言語でふたたび着想され、ふたたび書かれて、読まれることになる。訳者は別解を求めて苦労するのであって、原文を打ち消そうというのではなく、もう一つのヴァージョンを並立させようとする。私の英訳版は、イタリア語版の代替となって、英語の読者が作品と関われるように制作されたものだ。いまでは原作の代理として（イタリア語なら“invece di”ということで）英語の本が存在する。

　同一の言語の中で考えても、ある言葉が別の言葉に代替することは普通にある。前述のように、どれを選ぶかということは、まず作家の仕事であり、そのあとで訳者の仕事になる。創作であれば、これで行く、という一手を出しやすいかもしれないが、翻訳となると攻め口が広がって、局面はぐっと複雑になる。もちろん同じことを言うにも方法はいくつかあるのが普通だから、この代替ゲームにしても、ふだん考えたり、話したり、書いたり、そのほかの自己表現をするのと変わらない。反意語よりも同意語のほうが多いことは、辞書を見てもわかる。反意語を欠く言葉もなくはない。だが大多数の言葉には、似たような代役がそろっていて、語義、解釈、用法が補強される。
その一例として、“anzi”《アンツィ》を挙げておこう。これも本作に頻出するが、前置詞または副詞で、「実際には」「ところが」「というより」「たしかに」などの意味になる。もし“che”《ケ》という接続詞をつければ、事実上“invece di”（「それより」「むしろ」）と同じということで、実際、“invece”の代わりになっている。この“anzi”もまた、構文の中では小さいながらに目立つもので、何かの裏話、引っ掛かり、あるいは運命、気分、視点のひねりがあるのではないかと思わせる。もとはラテン語の前置詞および接頭辞である“ante-”に由来して――これは英語でも同様に――すでに時間が経過した、以前とは様子が違う、現時点に先行する違う時点があった、ということを想定する。この一文を読んでいる人にも、それとは別の時点があって、いまは読んでいる、というようなもの。

この小説では、ある二つの言葉が使われて、人間の経験としては最深部に作用し、また最大の不安定要因になりかねない感情を表現する。一つは動詞の“amare”《アマーレ》（「愛する」）。名詞だと“amore”《アモーレ》（「愛」）で、これは小説の出だしの言葉であるとともに、『トラスト』とオウィディウスの関連を強めてもいる。オウィディウスは *Ars amatoria*（『愛の技法』）の著者であるが、もちろん『変身物語』にあっても変化を伴う愛の物語は随所に見られる。そして『トラスト』の場合にも、物語の推進力になるのは、おそらく恋愛を知る人なら誰もが考えたことのある疑問なのだ。愛が変質したらどうなるか。冷めたら、溶けたら、弱ったら。もし気移りの余地が出たら――。シェイクスピアは、ソネット百十六番で「変わると知って変わるなら、愛ではない」と言った。それでいて、転変、曲折の言葉が何度も出る詩なのだから、また考えたくもなる。その先に通じるのは、スタルノーネによる愛を阻むものの研究だ。ここでスタルノーネは、“amare”のほかに、もう一つ、“voler bene《ヴォレール ベーネ》”という表現も引き入れる。英語ではうまく言えない連語だが、文字通りには「(誰かのために)よいことを願う、よかれと思う」という意味になる。だが実際のイタリア語では「(誰かに)好意を持つ」、さらには「愛する」ということで、恋愛の場合も、そうでない場合もある。この二つ、“amare”と“voler bene”は、ある程度には、どちらを使ってもよいと言えるが、やはり確実に違っている。イタリアでも地方によってニュアンスが異なるかもしれない。どういうタイプの愛なのか一概には言えないだろう。

だが、おもしろい区別もある。いろいろなものを“amare”することはできるが、ほかの人間、あるいは擬人化されたものでなければ、“voler bene”の対象にはならない。どちらも語源はラテン語である。古代ローマのカトゥルスは、七十二番の詩の中で、この二つの心情を組み合わせる。まず詩の冒頭で、レスビアという女への愛を、父親から子供への愛情にたとえるのだ。恋人同士の愛ならば変わることもあろうが、自分が女を愛する心は、ありきたりな結びつきを越えると言いたいのである。詩の最後は“quod amantem iniuria talis / cogit amare magis, sed bene velle minus”となっている(私の試訳としては「その痛みに、恋情が強まり、友情は弱まって」とでもいうところだろうが、フランシス・ウォー・コーニッシュによる散文訳では「これほどに傷つくことがあると、恋人としては強まるが、友人としては弱まるので」[2]となっている)。最後の行は“sed”(「しかし」)という接続詞を中心に、「完璧な均整がある」と評される。[3]この“sed”は、“invece”と同様に、二つの概念を応答させて、後半が前半とは別のことを言う。いくつかイタリア語訳を見ると、“bene velle”の箇所は“voler bene”と訳されて、恋愛よりは友情を指向する。「恋う」よりも「親しむ」と言ってよかろう。[4]

『トラスト』では、すでに冒頭から、“amare”と“voler bene”が読者の注意を引きつける。いきなり読者と出会うということで、この二つが、「変化」とならんで、真の主人公なのである。たとえて言うなら、「良い魔法使い」と「悪い魔法使い」のようなもの。どっちがどっちとは言わない。どれだけ重なるのか、拮抗するのか、どのように対応し、競争し、打ち消し合うのかという（“invece”と“anzi”にも似たような）関係があって、言語とは——あるいは、言語を人間がどう使うのかという組み合わせは——上っ面を見ただけではわからないものだと証される。だから、もっと深く言葉と関わらねばならない。ぴったり閉ざされた奥底にもぐって、言葉の深層から別の答えをさぐり出す。およそ言語を解そうとするなら、わけもわからず苦しくなって、もう丸呑みされるかと思うほどに、言語を愛するしかない。

　スタルノーネは、三冊のいずれにも、ぴたりと一語の題名をつけていて、それを英語でうまく代替するのは、なかなか大変なことだった。今回は初めて、原題（*Confidenza*《コンフィデンツァ》）をそのまま同語源の英語（“Confidence”）に置き換えるだけでもよさそうなケースだったが、私は違う選択をした。原語の“confidenza”と同じことで、英語の“confidence”にも、いくつかの意味が重なっている。親密性、秘密性、信頼性——。いずれも小説のテーマを支える柱だと言ってよい。しかしイタリア語の“confidenza”は、秘密を取り交わすことのニュアンスに傾いている。英語では、どちらかというと、信頼感、安心感が強いだろう。結局、私は小説内で語られる親密な関係、そこから生じる危うい心理ゲームを考えて、「トラスト（“trust”）」という語を選んだ。おもしろいことに、イタリア語よりもラテン語（“confidentia”）のほうが、英語にある大胆、不敵、無遠慮というニュアンスには近いようだ。ともあれ手元のラテン語辞書で"confido"という動詞を引くと、その最初の定義として「信頼する（"to trust"）」が載っているくらいだから、これでよかったと言っておこう。[5] いまにして思えば、『ツイスト』か『ターン』という代案もあったかもしれない。

　この六年間で、スタルノーネの小説を三冊訳したことになる。これで一つのサイクルができた。三部作の完結とまでは言わないが、三角形の最後の一辺を引いたように思う。いずれにも共通して、それぞれ一人称の語り手、緊張をはらんだ結婚、不安だらけの親子関係、という特徴がある。よく見られるテーマとして例を挙げれば、自由の追求、過去と現在の衝突、キャリアの形成、不安、老化、怒り、平凡、才能、競争——。もし続けて読めば、一冊ずつが次作に先行したと思えようが、スタルノーネ作品の大きな総体を知っている読者なら、この新作といままでの作品群が語り合っているのだとわかる。行間を読むタイプの読者には、ほかの作家との大きな関連もさりながら、スタルノーネ自身の過去作品との微妙な関連が見えるのだ。いまのスタルノーネが、そのほかの、これ以前の、スタルノーネに代わって出てくると言ってもよい。

　この小説では、ある男女が——かつては夫婦で、誠実に結びついていたが、正式な結婚ではない——人生を振り返って、その境遇がどう変わったのか思いを馳せる。私が『トラスト』の翻訳を開始したのは、ニュージャージー州プリンストンにいた二〇二〇年春のことで、やはり過去を振り返りたい心境になっていた。それまでは「新型コロナウィルス」などは一時の流行語で、その現象も一過性の災害で終わってくれることを願っていた。私の息子はローマで勉強していたのだが、イタリア全土がロックダウンになって、その翌日にJFK空港行きの飛行機に乗るという急転回になった。それでも、ほどなく戻って高校の卒業には間に合うだろうから、私も夫や娘とローマに飛んで祝ってやりたいと思っていた。ところが、そんな見込みは全部はずれて、ただスタルノーネのイタリア語と取り組むことになった。じっくり続けたいと思って、一日に一ページずつプリントアウトした。いつもの生活をがらりと変えられた日々に、この小説を訳していた、というのは皮肉だが、しかし無駄にはならなかった。また皮肉と言えば、もう一つ別の次元で、おもしろいことが書かれていると思った。スタルノーネは精密きわまりなく、痛快なまでに、作家生活のあれこれを描き出す。一冊また一冊と出版する業務としての変転である。執筆から編集、校正があって、旅があり、ホテルに泊まって、講演が続いて、サイン会があって、そのあとでディナー、というような私にも心当たりのあることばかりで、しかも何度かスタルノーネと同行させてもらう機会さえあったのだが、もう彼にしても私にしても、そういうことが容易ではなくなっていた。

代替という現象については、その戯れを凝縮したような一文がある。この小説の中で私が最も好んでいる箇所なのだが、そこでは開いていた傘が突風にあおられて、「丸屋根《キューポラ》がカップに」切り替わる。これは名人芸だ。イタリア語では“mutare《ムターレ》 da《ダ》 cupola《クーポラ》 in《イン》 calice《カーリチェ》”で、「丸屋根が杯《カリス》に変わる」と言っている。スタルノーネは形態の変化をイメージと字面の双方から見せているが（あえて言わせてもらえば）“cupola”から“cup”という英語のほうが、言葉遊びとしてはうまくいく。ただし、この文はキューポラからカップへの移行だけでは終わらない。さらに続いて、「いとも簡単に、言葉がものの形を変えるのだ（com'è《コメ》 facile《ファーチレ》 cambiare《カンビアーレ》 a《ア》 parole《パローレ》 la《ラ》 forma《フォルマ》 delle《デッレ》 cose《コーゼ》）」と言っている。ここでは“forma”という語から、すぐにまたオウィディウスを思い出す。『変身物語』は、“In nova fert animus mutatas dicere formas corpora”（わが魂は、新たに変容した身体を語らんとする）

として始まる。オウィディウスが使う動詞“dicere”(語る)も、スタルノーネの簡潔な書き出しと響き合う。その第一行は“L'amore《ラモーレ》, che《ケ》 dire《ディーレ》”(愛とは、どう言えばよい)という疑問に始まる。スタルノーネはジェットコースターの設計士とも言えるが、また過去を振り返ることの達人でもある。波乱の物語は泣かせる名調子にやわらげられ、それがギリシャ、ラテンの悲歌にさかのぼる伝統を思わせながら、ポピュラー音楽の歌詞のようなわかりやすい響きも聞かせる。ポール・マッカートニーの歌で言うなら、「まずいことを言ってしまった。またイエスタデイになればいい」ということだ。この小説における言葉や愛のテーマを思えば、そんな歌詞を思い出してもよいだろう。

いわゆるコロナ禍となった年に、この小説と付き合って暮らすようになり、その間、私の“invece”という語への理解が、風に吹かれた傘のように、くるりと変わった。もともと知っているイタリア語の中でも、よく働いてくれる日常語ではあったが、その言葉の意味が精製されて、詩と哲学の成分が出た。一冊また一冊と、友人でもある作家を訳すうちに、こうした新発見があって、言語について大小さまざまなことを教えられた。なるほど言葉とは瞬く間に変わるもの、いくつもの代案がそろった豊かなものだ。この六年間、スタルノーネの文章と取り組んで、私は確実に翻訳家になった。作家としての人生に新しい活動が加わったおかげで、言語のみならず人生も、どう転ぶかわからないようにできているとわかった。というわけで、彼のイタリア語の代役となる英語の仕事をすることになって、私はずっと感謝するだろうし、すっかり変身を遂げたのだとも思っている。

プリンストン、二〇二一年

1　『トラスト』での"invece"を考えたことがきっかけで、『変身物語』でどれだけ"vicis"が出るか追いかけようとしている。ここでは第四巻からの二例を紹介しておこう。第四〇行（ミニュアデスの娘たちの神話）の"perque vices"は「交替で」の意。第二一八行（クリュティエーとレウコトエーの神話）の"noxque uicem peragit"は「そして夜が移ろう」。第一例は物語を投げ合うこと、第二例は時間が進むことを言う。

2　『ガイウス・ウァレリウス・カトゥルス詩集』F・W・コーニッシュ訳（ハーバード大学出版局、一九八八年）

3　『カトゥルス短詩集』ジョン・ゴドウィン編訳および序論と注解（アリス＆フィリップス、一九九九年）

4　velleはラテン語で「望む、欲する」という動詞（volo）の不定詞形。一つだけ文字を換えれば、本作の主人公の姓でVellaになる。ちなみにvelloという動詞もあり、これは「（私が）引く／引き抜く／壊す」の意。

5　チャールトン・T・ルイス『初級ラテン語辞典――読解の手引きを付す』（オックスフォード大学出版局、一九八五年）

8　普通の（普通ではない）翻訳／*Traduzione*《トラドゥツィオーネ》 *(stra)*《ストラ》*ordinaria*《オルディナリア》　グラムシについて

提案／*LA PROPOSTA*《ラ プロポスタ》

二〇二一年一月三十一日、財団グラムシ研究所（ローマ）の所長で、歴史家のシルヴィオ・ポンスから、私宛てのメールが来た。春頃にズームで出演してくれないかとのこと。アントニオ・グラムシの『獄中からの手紙』が、イタリア語での決定版として、エイナウディ社から新刊になったので、記念の催しがあるという。グラムシがファシスト政権に逮捕されたのは、一九二六年十一月八日だった。手紙を書き出したのはそれ以降である。まずローマでレジーナ・チェリ刑務所の独房に入れられたが、あとで何度かイタリア各地の収容施設に移送された。ローマの病院で亡くなったのは、一九三七年四月二十七日。ようやく釈放されてから六日後、脳溢血を起こしてから二日後のことだった。

　というくらいのことは、すでに私も知っていた。ローマのトラステヴェレ地区を歩いて、刑務所の前を通れば、グラムシを思い出す。テスタッチョの新教徒墓地で、その墓前に佇んだりもしている。私のアパートから歩きだして川を越えれば、すぐ墓地へ行けるのだ。しかし、シルヴィオ・ポンスからのメールが来た時点では、私はローマを遠く離れたニュージャージー州プリンストンで、学部生を相手に翻訳についてのヴァーチャル授業をしていた。

ある男が政治犯として十一年間、流刑地での獄中生活を送り、家族、友人、また広く外界から切り離されていた。その日々の現実と思索をじっくりと読み込んだことで、私自身にも変化があった。つまり、地球規模のパンデミックで行動も交流も制限されることになった日常――この記録を残すようになった時点で十一カ月――の見え方が変わったのだが、それ自体は、さほどに驚くまでもないだろう。しかし、二カ月ほどの時間をかけて、グラムシの書簡をまとまった形で読んでいたら、そのほかに驚くべきことが出てきた。グラムシがサルデーニャに生まれ育って、イタリア共産党の創立メンバーとなり、八十年以上たった現在でもマルクス主義のアイコンとして生きていることは知っていたつもりだが、その手紙をコロナ禍での仕事として読んだおかげで、彼が翻訳のアイコンとも言えることを発見し、おおいに敬意を表したくなったのである。

ペーパーバック／*IL TASCABILE*《イル タスカービレ》

シルヴィオ・ポンスからは、本の内容がＰＤＦファイルで送られてきた。四八九通の手紙を収録して、付録の研究資料にもかなりの分量がある。全部で一二六二ページ。すでに私はもっと小規模な書簡集を持っていた。三〇〇ページにも満たないペーパーバックである。以前、イタリアで買ったものだ。ミケーラ・ムルジアが序文を書いているのに気を引かれた。当時の私は政治思想家というより作家としてのグラムシに興味があり、翻訳を通さない生の声を聞いて、彼の言葉でその個人史に触れたいと思った。バッグに入れて持ち歩き、ローマ市内のバスや市電に乗って、あるいは待合室で、この本を引っ張り出して読んだ。そんな移動中に、ぱらぱらと手紙を読みながら、私はある境界を踏み越えて、もともと私に見られるとは筆者が思いもしなかったはずの言葉に接していた。踏み越えた先にいたのは、あたたかくて、ウィットに富んで、驚くべき知性の持ち主であり、好奇心旺盛、また博学な男だった。その人物による考察が、どこかへ行こうとする私の道連れになったのだ。彼の文才には、まったく感心させられた。日々の情景、行動を書き留めて、主観を保持しつつ、誠実でもある。悲劇的だが、なお生気を失わず、親密に語りかけてくる。どのページにも人生や思想への厳しい問いかけがある。そんな語り口に私は夢中になった。複雑な小説世界に出入りするようで、つい読みたくなってしまう。あるところまで読んでから、その本が居場所を変えた。イタリアとアメリカを何度も往復していた私が——あれは飛行機の中で読もうとしたのだったか——プリンストンに持っていったのだ。ともかくも、この本はベッドサイドに置かれて、覚醒から睡眠への境界を越える夜ごとの道連れにもなった。だが、いまになって、はたと実感することがある。私は移動しながらグラムシを発見したのだったが、あとで再発見にいたった時点では、プリンストン大学の図書館で、コロナ禍に静まりかえった歴史的な無音の中に坐っていた。まったく異なる二つの読書形態があったということは、獄中からの手紙が抱え込んでいた矛盾にも呼応するだろう。どこかに移される言葉を、どこにも行けない男が書いていた。

トランスレーションの旅／*VIAGGIO*《ヴィアッジョ》 *DI*《ディ》 *TRADUZIONE*《トラドゥツィオーネ》

一九二六年十二月十九日の手紙は、ウスティカ島で書かれて、宛先は義姉のタニア・シュフトである。その中に、こんな箇所があった。「移されていく《トランスレーション》旅としても、これまでの最悪になりました」[1]。たしかに私にも最悪と思えた。イタリア語で「翻訳」に相当する“traduzione《トラドゥツィオーネ》”という語に、もう一つの意味があったことを、このときまで知らずにいた。容疑者、受刑者の「移送」を意味する役人言葉でもあったとは、まさかの大慌てである。必死になってイタリア語を勉強して、翻訳の実務も授業もしたというのに、これを知らなかったとはどういうことか。だったら囚人も言語も似たように転々とする存在なのかと思うようになった。この手紙には、身柄を移される経過が、事細かに記されている。手錠、港への護送車、船、水上バス、梯子段、三等船室、手首で連結される囚人、そして最終目的地たる監房――。どこをどう行かされるのか、一瞬ごとに気を配っていたらしい。もちろん身動きもままならない条件下で、よく覚えていたものだ。さらに読み進むと、「ある限度以上には行けなくなります」という記述がある。つまり移動させることの要点は（拘束する側にしてみれば）まったく移動できない状態、あるいは監視された制限付きの移動しかできない状態にまで送ることだ。グラムシは移送の旅によってウスティカ島に流れ着いた。それからの十一年に、彼は別の意味でトランスレーションの旅をすることになる。

辞書と文法／*I DIZIONARI*《イ ディツィオナーリ》 *E*《エ》 *LE*《レ》 *GRAMMATICHE*《グランマーティケ》

投獄された現実にあって、グラムシが必需品の差し入れを求めていた様子が、手紙からも見てとれる。そして衣類、衛生・医薬品などのほか、グラムシにとって必需品と言えば書籍だった。イタリア語の本も翻訳書もある。その中で、外国語の辞書・文法書が、着実に届けられていた。彼の外国語との深い関わりを示すものと言ってよかろう。ウスティカ島に着いてまもなく、一九二六年十二月九日に彼は“subito《スービト》, se《セ》 puoi《プオイ》”(「できれば、すぐにでも」)ドイツ語とロシア語の文法書、ドイツ語の辞書を送るように頼んでいる。刑務所での日常を述べながら、彼は二番目に大事なこと(一番目は身体を壊さない)として、ドイツ語とロシア語の“con《コン》 metodo《メートド》 e《エ》 continuità《コンティヌイタ》”(「系統的、持続的」)な学習を挙げる。十二月十九日の手紙では、ベルリッツの教材(ドイツ語とロシア語)も求める。五月二十三日には、あいかわらず語学の勉強に打ち込んでいるのだが、辞書を一冊なくしたので、もっと追加してくれるようにと言っている。「語学を私の主たる活動に定めようとも思います」。さらには(ロシア語、ドイツ語に次いで)英語、スペイン語、ポルトガル語、ルーマニア語にも力を入れたくなっていると言う。どれも学生時代に“studiacchiato《ストゥディアッキアート》”(「齧《かじ》った」)ことがあるだけだ。というように語学熱を燃やしたおかげで、獄中にあっても精神の平衡を保っていられた。一九二九年十二月になっても、この書簡集でもきわめて感動的な箇所として、言葉があるから精神は萎えないと言っている。語学に救われていたのだ。「いまの心境を言うなら、たとえ死刑を宣告されても平静でいられて、執行の前夜にも中国語の学習をしているのではないかと思います」

勉学と旅/*STUDI E VIAGGI*《ストゥーディ エ ヴィアッジ》

グラムシの生涯を通じて、トランスレーションとは、現実でも、願望でも、修練でもあって、人生の錨、象徴にもなっていた。そういう意味が、逮捕、拘禁によって、なお強まったというにすぎない。すでに学生時代にも、古代ギリシャ語、ラテン語の文学を読んで(また訳しても)いた。そのほかフランス語、ドイツ語、英語、サンスクリット語などを学び、言語学、方言の研究もした。二十歳まで暮らして母語としたのはサルデーニャ語だが、早くからイタリア文学に傾倒したことを思えば、異なる言語に接するという素地はあったのだろう。ほかの言語体系になじみやすいのであって、初期の論説にアルファ・ガンマという筆名を用いたこともある。これは本名のイニシャルに対応するギリシャ文字だ。ある時期からはロシア語も始めた。文学青年からジャーナリストに変身していった二十代前半に——文学に熱心なのは生涯変わらなかったが——いくつもの言語を知っていたことは、彼の政治思想、編集方針が定まっていく上で、不可欠の要素になった。参画していた雑誌にレーニンやマルクスの論文を載せることができたし、共産主義が国際的に広がって多言語を内包する中で、その対話に入っていくこともできたのである。彼がファシズム体制下でスターリンそのほかを訳したことは、元来、翻訳とは危険分子の役割を演じるものだったという好例になる。翻訳は政治性を免れない行為だが、とくにムッソリーニ時代にはそうだった。言語の純粋性をイデオロギーとしたムッソリーニは、翻訳が当然にもたらすもの、広めようとするものにすべて反対し、翻訳文学の出版を検閲、監視することに徹底した。グラムシは、共産主義の実践と思想を理解するための主要な二言語、すなわちロシア語とドイツ語に触れる機会を増やしていた。一九二二年のモスクワ訪問、また翌年のドイツ、オーストリア旅行によって、この二言語との接触はさらに強化されたことだろう。書簡集では旅行に関する記述は多くないが、かつての語学研究を回想することはあり、トリノ大学での言語学教授で、のちに友人になったとも言えるマッテオ・バルトリの名前が出ている。

翻訳とはテキスト同士の結婚だと考えてもよいだろう。その結合は親密であり、また永続する（と思いたい）。グラムシは翻訳との婚姻関係に入ったと言ってよい。ムッソリーニが「ローマ進軍」のあとで政権をとった一九二二年、ロシアへ行ったグラムシには、ジュリア・アポロノヴナ・シュフトとの出会いがあった。ジュリアはロシア人の両親のもとに生まれたが、子供時代はスイスとローマで過ごし、二十歳を前にしてロシアに戻っていた。グラムシがコミンテルン執行委員としてイヴォノヴォ・ヴォズネセンスクを訪れた際に、通訳を務めたのが、この女性である。アレクサンドル・ボグダーノフの小説を、二人で共訳したこともある。結婚した一九二三年には、グラムシの私生活、家族関係、将来にとって、翻訳は切っても切れないものになった。

二重のアイデンティティ／*DOPPIA*《ドッピア》 *IDENTITÀ*《イデンティタ》

グラムシは一つの存在にとどまらなかった。これからもそうだろう。サルデーニャ人にしてイタリア人、政治家にして語学者。[2] また、拘束されていた十一年間にも、外部との連絡は保たれていた。プリーモ・レーヴィが化学者で作家だったのみならず、いくつもの正体を合わせ持った作家だったように、グラムシもまた多面体というべき人物だった。しかし二重の（あるいは複数の）アイデンティティがあるということは、裏を返せば、アイデンティティを欠くことにもなりかねない。一九三一年十月十二日には、義姉タニアへの長文の手紙で、言語と民族の問題、とくにユダヤ人の状況について語っている（なお義母となった女性はユダヤ系の出身だったが、イタリアで「人種法」が公布される一九三八年までは、まだ時間があった）。「ある民族が古来の言語を忘れたとしたら、すでに過去の遺産をほとんど失ったということです。いまでは征服民族の文化（と言語）に染まった世界について、その当初の姿を見失ったのでもあります。そうなった場合に、もはや民族とは何なのでしょうか」。さらにこの手紙では、「私に民族というものはありません」と言い切っている。また父親はアルバニア系で、祖母はスペインの血を引いていて、自分のイタリア人意識は作られたものなのだと語る。どこかで移民、移動があって、イタリア人になった。「トランスレーション」としては本物の事例というべき変動である。この手紙の末尾に近くなって、彼は自身の文化が「基本はイタリアン」であり、「二つの世界に裂かれている」とまでは思わないと結論づけている。ただ、私の見方を言うなら、厳密な意味でのルーツおよび言語を欠いていたところに、新しい言語への渇望が結びついて、翻訳家グラムシが形成され、そのまま翻訳家であり続けたのである。アイデンティティが重層構造になっていたことで、似たような人間と関わりたくなる気持ちも出たのだろう。たとえばタニアもジュリアも、翻訳者、通訳者として、大使館その他に勤務し、常に境界線上にあって、言語間での交渉をする環境に身を置いていた。ハイブリッドにできている人間で、ハイブリッドな意識の持ち主だったというのは、彼も同じだ。一九三一年九月七日付でタニアに宛てた手紙には、おやっと思う一行があった。「私の気晴らしになっています」というのだから、自己の二分化、精神の二重化を示唆する表現だろう。一九三一年十一月九日の手紙には、これと響き合うような記述があっておもしろい。刑務所では針でマッチ棒を裂くという。それで一本が二本になる。「マッチには囚人なりの使い方があって、一本ずつ針で裂いて二本に増やします」

二重のテキスト／*DOPPIO*《ドッピオ》 *TESTO*《テスト》

グラムシの獄中での文学生産は、大きく二つに分かれていた。つまり大量の手紙と大量のノートを書いたのだが、その一方の意味することは、もう一方を読むことで補強される。二つのテキストが対話しているのだ。そして対話とは翻訳の基礎である。ノートを書き出したのは、一九二九年二月八日。それから二カ月ほど後に、タニア宛ての手紙（四月二十二日）で、こんなことを言う。「勉強の実利を考えれば、現代の外国語などはうってつけでしょう。文法書が一冊あればよいのです。露店の古本屋でも安く手に入ります」。また、もう少し先を読むと、「しかしながら、政治犯として囚人になっていると、たとえ石からでも血を絞らねばなりません。本を読んで（もし書いてよい許可があれば）ノートをとろうとも考える。どうにか意味づけをしていたいのです」。ということで、ここでもう獄中ノートとはいかなるものかという話が出ている。ノートの書き込みは自分だけのメモであって、あとで整理しないと読みにくいような断片だ。何らかの事柄にこだわって、さんざん考えようとする様子が見えている。手紙であれば、もっと筋が通って、落ち着いて、まとまりがよい。ノートの書き込みは、いわば日記のような内向きのもので（たしかに魅力たっぷりだが）とっつきにくい印象はある。手紙もまた内面に関わるとはいえ、ともかく人に語る形式になっているので、物語として展開するドラマ性を読み取れるかもしれない。手紙とは、いつも境界を越えていって、外部の声に応じようとするものだ。そういう他者がいる、いてほしい、と意識する。グラムシには強烈な孤独、脆弱、絶望の感覚があった。そのことが手紙の中には（手紙の中にだけ、しかも例外的にのみ）見えている。ただ、グラムシの書簡集を読んでいると、彼の発信だけが聞こえてきて、どう返信されたかわからないので、二本縒《よ》りの糸の一筋だけを見るような、おかしな感覚はある。

言葉によって父になる／*PATERNITÀ*《パテルニタ》 *ATTRAVERSO*《アットラヴェルソ》 *LE*《レ》 *PAROLE*《パローレ》

グラムシが父親でいられたのは、手紙を書いたという言葉の力によるところが大きい。二人の息子はモスクワで生まれた。長男デリオとの接触は少なく、次男ジュリアーノには会うこともなく終わった。二人ともロシアに育って、父への手紙もロシア語で書いた。その父が自身の記憶そのほか過去にまつわることを息子に知らせるとしたら、やはり手紙を書くしかなかった。手紙にだけ息子との結びつきがあった。それでいて言語はまた一つの障壁をもたらす。ここで鍵を握るのはジュリアとタニアだ。この二人が翻訳者になるので、グラムシと息子たちの交流が可能になる。一九二七年三月二十六日の手紙を見ると、彼はデリオについて知ったことに誇らしげなようだ。この子は母親からロシア語を覚え始めた。イタリア語もわかるらしく、またフランス語の唄をしっかり歌える。この手紙では、すでにタニア自身の子供たちを話題にして、何語で育っているのか、サルデーニャ語もよいのではないかと言っている。サルデーニャ語は一つの方言ではなく、それだけで独自の言語なのであって、エドメア（彼の姪）に教えてやらないのはおかしいとも言う。父と子の関係は、グラムシの考えだと、世代間のギブアンドテークなのであって、そうであれば、これもまた一つの移動である。一九三一年六月十五日の手紙で、彼は母親に向けて、「私たちの行動は、どの一つも、その善悪の価値に従って、ほかの人間に伝わります。父から子へ、ある世代から次の世代へ、絶えざる移動があるのです」と言う。ここにもまた、あの重要語たる「移動」が出ている。二人の息子に宛てて、あるいは二人について書かれた手紙からは、グラムシがどれだけ父親としての愛情を抱いていたのか、しっかりと見てとれる。それでも息子の実人生に関与できていないということは、気がかりでならなかった。レジーナ・チェリ刑務所に来てから間もなく、ジュリアへの手紙で、「親としての責任感から、心が痛んでなりません」と書いている。ところが子供たちの成長につれて、言語の問題はますます深刻になる。彼が生涯を終える一年ほど前、一九三六年十一月五日の手紙では、「私が書くことを、翻訳をよろしく頼みたいとジュリアに念を押す。よく知らないままの息子たちのために、文字通りではなく、子供の精神状態に合わせて、うまく訳してやってください。また私にも子供のことがよくわかるように」。彼は息子に宛てた手紙では、"babbo《バッボ》"(「父さん」)と署名して結ぶことがあるが、「アントニオ」と記すこともある。愛情を込めて根気よく書いていたのは確かだが、また痛切にもどかしいのでもあって、息子の生活の中では亡霊のようなものだと思えてならない。一九三一年十二月十四日のタニア宛ての手紙だと、自分は息子のことを知らないので結びつきようがなく、その生活に関与していくことができない、という心情を打ち明ける。「本当のことを言って、私は息子の生活を、成長を、何も知らないに等しいのですから、心理的に何らかの関係を持てるとは思えないのです」。この手紙の終わり近くで、彼は息子たちから見れば「さまよえるオランダ人」ではないかと不安を述べてから、「さまよえるオランダ人なら、どんな手紙を書くでしょう」と言う。幽霊船に乗って、いつまでも航海を続け、永遠に移動する運命だ。「亡霊たるべき人生かと思うと、つくづくいやになります」。この自己イメージから、グラムシのアイデンティティ問題はさらに複雑化して、おそらく最期を予感しながら、彼は翻訳される身であると同時に、身をもって翻訳の比喩になっている。

関係性／*RAPPORTO*《ラッポルト》

翻訳なるものは、二種のテキスト、思考、現実、瞬間において、その関係が親密にして不完全であることを思わせる。グラムシの手紙からは、彼の人間関係――妻、母親、義姉、弟、子供たち、そのほかとの関係――もまた親密にして不完全だったことがわかる。およそ人と人の関係は、翻訳の一形態として読める、ということもグラムシの手紙からわかる。

再読／*LA SECONDA LETTURA*《ラセコンダレットゥーラ》

前述の通り、この書簡集とは二度目の出会いを果たすことになったのだが、一度目とはかなり事情が違っていた。グラムシ研究所の企画を考えると、それまでに準備できる期間は二カ月。なるべく多くの手紙を読んでおきたいと思った。毎日、これに向き合う時間を設けて、モニター画面の大きなＰＤＦファイルと、書棚から復活させたよれよれのペーパーバックを、行き来するように読んだ。そんな再読のうちに、下線を引いたり、ノートをとったりするようになった。またプリンストン大学の図書館に時間の予約をして、一人で、邪魔されることなく、じっくりと手紙を読み込んだ。一通ずつ、順序よく読んでいこうと思った。

エコー／*ECO*《エーコ》

翻訳という行為、その結果について考える上で、エコーの現象が参考になるのではないか。そういう話を、ほかでも書いたことがある。グラムシの手紙とノートには、たしかに響き合う箇所があって、双方を読みくらべると、彼が似たような事柄について異なった議論、解釈をしている例が見つかる。だが、いま私が考えるのは、それとは別のエコーだ。グラムシの獄中生活が、パンデミックの最中にある私の生活のどこかに響くということ。もし彼がこの図書館で大量の本に囲まれていたら、どれだけ幸福だったろう。こうして彼の手紙を読んでいる時間に、ふと思うことがある。私は読まねばならない毎日で、毎日ここに来て読んでいる。家を出て、図書館まで歩いて、いつも同じテーブルに向かって、坐る椅子まで同じだったりする。館内であっても、すぐ近くに辞書類がなくてはならない。とりわけサルヴァトーレ・バッタリアの『イタリア語大辞典』（全二十一巻、以後バッタリアとのみ略記）は、語義を吟味する必要が出た場合に役立ってくれる。グラムシを読めば読むほど、もっと読まねばと思う。私には家と図書館を移動する自由があると思うと、それだけ“traduzione”（翻訳・移送）という言葉の意味を考える。予約の時間枠は決まっていて、コロナ対策の制限から、入退室の時間を守らねばならない。ほかにも追加のルールがあり、化粧室に入れるのは一度に一人だけで、冷水機には使用中止のテープが貼られた。同様に使えなくなった座席もある。ただ、ここへ来さえすれば、理屈の上では七百万冊の資料を参照できるのだから、その途方もない自由を考えれば、多少の制限などは取るに足りない。グラムシは、移されていった監房で、どれだけの書物を友とすることができたろう。

オリジナル／*ORIGINALE*《オリジナーレ》

「オリジナル」は、良くも悪くも翻訳者には縁のある用語だが、またグラムシならではの文業を語るのに、うってつけの言葉でもある。ラテン語の“origo”（起源）に由来して、ルーツへの回帰がある。原点、誕生、創立の神話、民族の故地、両親・祖先、物語の発祥、言葉の源流——。

そしてまた、どこかへ出て行く起点ともなる。グラムシの著作は高度にオリジナルで、さまざまな翻訳を生んだ。ほかの言語に移すという文字通りの翻訳だけではなく、グラムシ研究から発して意義のある論考が書かれる成果にもつながっている。そのような事情を考えれば、翻訳とは、一つのテキストが多くの別テキストに転化していく過程なのだということがよくわかる。

獄中の読書／*LETTURA*《レットゥーラ》 *DAL*《ダル》 *CARCERE*《カルチェレ》

グラムシの読書生活にあっては、異なる言語にまたがる関心事が、いつものテーマになっていた。彼はマルクスをフランス語で読んだ。エスペラント語について、また地方語の役割について、いくつもの注解を記した。ノートにも手紙にも、かなりの分量で、クローチェ、マキャヴェリ、ドストエフスキー、G・K・チェスタトンを読んだ記録が残っている。彼がダンテの『神曲』〈地獄篇第十歌〉を読むと、動詞の時制、伝達の失敗、沈黙、言わざること、といった論点から場面の分析がなされる。マンゾーニを読めば、イタリアにおける国民言語という問題に立ち帰る。グラムシがものを考える集中度からは、その対象に何度でも向かっていく精神が見えているが、それだけの集中と検証をもって読む精神は、およそ翻訳をする場合には必須である。グラムシはすべての読書について、実際に翻訳するかどうかはともかく、まるで翻訳するように読んでいたのだと私は言いたい。また彼は、多言語に通じた見識ある読者として、翻訳作品にも一家言ある人だった。一九二九年（つまり書くことの許可を得て、ノートの執筆を始めた年の）八月二十六日に、タニアに宛てた手紙で、彼は翻訳に関する持論を長々と述べているが、とくに下手な翻訳への苦情が目立つ。フランス語、ラテン語の実例を挙げながら詳細に論じて、未来派の詩人マリネッティによるタキトゥスの翻訳を批判する。

手紙の翻訳／*TRADUZIONE*《トラドゥツィオーネ》 *DELLE*《デッレ》 *LETTERE*《レッテレ》

彼の手紙は、いつも翻訳される必要があった。ほとんどの場合は、イタリア語からロシア語に、あるいはその逆である。一九二七年三月十九日には、タニアへの要請として、義母から彼宛てに長文の手紙を書いてもらいたいのだが、それをイタリア語かフランス語で、と求めている。また、この手紙では、大学で卒論のテーマにした比較文学の研究を深めたいとも言っていて、その意図を述べるのにドイツ語の“für ewig”（永遠に）という言葉を使う。これは一例というだけのことで、彼の手紙にはイタリア語以外の語句がさかんに織り込まれる。そもそもグラムシの手紙は、出現する言語をすべて――彼が知っていて、自身の文章に取り込む言語をすべて――知る読者でもなければ、何らかの翻訳が必要になる。とくに息子たちへの手紙に出てくるロシア語、あるいは母親その他への手紙で話題になるサルデーニャ語のほかにも、英語の“thermos”（魔法瓶）、“schooners”（帆船）、またギリシャ語の“mneme”（記憶）、フランス語の“échafaudage”（足場）などが出てくる。手紙を読むうちに、私の知らなかったイタリア語も覚えた。たとえば“zufolare”《ズフォラーレ》という語があって、口笛を吹くという意味のようだが、グラムシの使い方では、もし息子たちが石を投げて、うまく水面に滑らせたら、ひゅっ、ひゅっ、と音が出るだろうという話になる（一九三一年五月十八日）。

手紙での翻訳／*TRADUZIONE*《トラドゥツィオーネ》 *NELLE*《ネッレ》 *LETTERE*《レッテレ》

グラムシが獄中で書いたノートは三十数冊におよんで、そのうち何冊かは翻訳だけに関わることが知られている。だが書簡集を見ても、言葉、その意味、といった翻訳につながる論点が出てくる。一九三二年一月十八日には、妹のテレジーナに宛てて、“per《ペル》 esercizio《エゼルチーツィオ》”（「練習として」）グリム童話をドイツ語から訳しているが、それで「自分なりに子供らのファンタジーの発達に役立てる」と言う。

文字の訳／*TRASLITTERARE*《トラスリッテラーレ》

バッタリアの辞書だと、“traslazione《トラスラツィオーネ》”（移動）の次に来るのは、“traslitterante《トラスリッテランテ》”（字訳者）で、その次に“traslitterare”（字訳する）が続く。グラムシの書簡には、字訳しようとする傾向が一貫していて、そういう例はいくつも見つかる。息子たちへの手紙では、「パパ」という署名をキリル文字で記すことがあった。一九二九年五月二十日には、デリオ宛ての手紙を“Toi papa”と締めくくった。ロシア語の“tvoj papa”（おまえの父）をいくらか書き換えたのである（イタリア語なら“tuo《トゥオ》 papa《パパ》”）。一九三五年四月八日、もう最晩年の一通になったデリオへの手紙では、ロシア語そのままに твой папа と書いた。

ノートでの翻訳／*TRADUZIONE*《トラドゥツィオーネ》 *NEI*《ネイ》 *QUADERNI*《クアデルニ》

翻訳とは一種の弁証法にして、またプロレタリアートとの意思疎通であり、したがって革命の一形式になる、とグラムシはノートの中で語る。そのグラムシ自身の翻訳に関わる例を二つだけ、ごくかいつまんで述べておこう。（1）一冊目のノートで、イタリア統一運動《リソルジメント》の話をしながら、ジュゼッペ・フェッラーリにはフランス語をイタリア語に「翻訳する」ことができなかったと指摘して、ここで初めて「翻訳」という語が使われる。（2）七冊目のノートで、自身が行なったレーニンの翻訳には間違いがあったと言う。「われらの国語を、ヨーロッパ諸語に訳しようがなかった」という文は、「われらロシア人の経験を、外国人に届けようがなかった」とするのが正しいというのだから、代替と選択のおもしろい実例として、おおいに考えさせるものがある。

解釈／*INTERPRETAZIONI*《インテルプレタツィオーニ》

書簡集の読み直しに伴って、グラムシと言語の関連を論じた膨大な文献を、ちょっとだけ読んでみる。図書館に収蔵されている英語とイタリア語の資料から、彼の政治理論について、言語・文化の多様性を見ようとするものを拾うのだ。グラムシの言語へのアプローチ（および関わり方）についてメモを取っているうちに、これで授業ができないかという気になる。グラムシに特化して、翻訳の理論家・実務家という両面から考える授業にすればよい。こうしてエッセイが書けることも思いつく。また解釈なるものは――翻訳の大半は解釈だが――彼が精神分析の意義、方法について長々と思索をめぐらす際にも、過去、記憶、夢の判断として大事な役割を果たす。また私から見れば、グラムシは立派に「病気の通訳」だ〔訳注　文字通りの意味は「病気の解釈をする人」。ラヒリの第一短篇集『停電の夜に』では、第三篇のタイトルであり、また一冊全体の原題になっていた〕。書簡集では、自身の体調不良が長引いて困っていることについて、詳しく解説する手紙がかなりある。

写真／*FOTOGRAFIE*《フォトグラフィエ》

全体として、私が感心させられたのは、写真に対するこまやかな解釈である。グラムシは言葉のほかに、写真で見る姿によって、息子の成長を知る。一九三一年一月十三日のジュリアへの手紙では、つらい別居生活での架け橋になってくれる五枚の写真について、長々と思いめぐらす。彼が妻と「別れ、子供たちとも別れての四年半、これほどに興味深い写真が届いたことはありません」ということだ。また、写真を送るように求めながら、その裏面に息子たちの身長体重を書いてくれとも言う。彼の想像ではない「現実感」を写真から得ようとしている。「そちらの生活をつかまえる手がかりになって、空想を減らせるのです」（一九三二年八月一日）。こまやかなイメージの読解があって、そこに意味が生じる。これもまた翻訳の一形態なのだと私には読める。

異義と同義／*DIFFERENZA*《ディッフェレンツァ》 *ED*《エド》 *EQUIVALENZA*《エクィヴァレンツァ》

グラムシは書簡集の随所で、言葉がたどる不思議な進化を考えようとする。ある事柄が別の言語ではどう言われるかという問題にこだわっていた。一九三一年五月十八日の手紙では、「幸せな」「良い」「美しい」などの語について、じっくりとイタリア語での用法を考える。こういう表現は、文化、夢想（イタリア語では“velleità”《ヴェッレイタ》）と結びついているのだとして、「本当の生き方は、外界からの要因、定則に決定されるのではなく、内部の根源から生ずるものである」と結論する。翻訳には異義と同義の問題がつきまとう。翻訳者は等価になるものを模索しつつ、どの言語も違っている以上は、まったくの等価はあり得ないとわかっている。グラムシの獄中からの書簡では、どの受取人とも違っているという現実がつきまとう。彼は監禁されていて、ほかの人はそうではない。

方言／*DIALETTO*《ディアレット》

書簡の中では、よく本筋をはずれることがあって、その行先は、イタリアで標準語が盛んにもてはやされていた時期の、言語と権力という問題である。だが、一九三〇年十一月十七日、タニアへの手紙では、いまなお「二重言語」の状態は根強く、これからも存続するだろうと言っている。インテリの教養語と、それに対する民衆語。この民衆の言葉が、「公式の」イタリア語に対する（ムッソリーニには反対された）方言である。

サルデーニャ語／*SARDO*《サルド》

母親宛ての手紙には、聞きたいこと・考えたことを、たっぷりとサルデーニャ語で書いている。これはロマンス語の一つで、非古典ラテン語と密接に関係し、アラビア語、ビザンチン・ギリシャ語、リグリア語、カタルーニャ語、スペイン語からの影響が混在する。この言語があって、グラムシは母親に、また先祖に、結びついている。一九三〇年十二月十五日、もう投獄されてから五年になる、と書いた母への手紙で、彼は現状をサルデーニャ語の表現で述べる。「もう自分では"zaccurrare sa fae arrostia"［炒った空豆の皮をむく］ことができなくても、そういう便りがあるのなら良しとしましょう」

名前と動物／*NOMI E ANIMALI*《ノーミエアニマーリ》

グラムシは、新しい名前を作ったり、名前の語形を変えたりして、アイデンティティを変容させながら、大事な者への愛情を補強しようとする。言葉遊びのような（転覆させたいような）名称変更は、それもまた変革の一形式であって、言語とアイデンティティの結合を根本から問い直す。名前の変更は、翻訳の、また愛情の、一形式でもある。そこでジュリアは、ユルカ、イウルカになり、ジュリアーノはイウリクに、デリオはデルカに、タチアーナはタニア、タタンカ、タタニスカ、タタニッカになる。人間以外の生き物についても、おもしろい例が続々と出てきて、それだけで独立したエッセイが書けそうだ。一九三二年二月八日の手紙では、デリオにもわかるように、鳥や魚の名前にはロシア語の注釈をつけてやってくれとタニアに言っている。彼のイタリア語がジュリアには訳しきれていないようだとも言う。たしかに生物の名称は訳せるものばかりではないが、せめて“scricciolo《スクリッチョロ》”（ミソサザイ）と“aquila《アクイラ》”（ワシ）は区別してやってくれと求める。また動物の名前を気にするだけでなく、どうやって動物と通じ合うかとも考えている。デリオへの手紙には、象、オウム、犬などの話がふんだんに出てくる。一九三二年二月二十二日には、この息子が飼うペットについて長々と話している。一九三一年六月一日は、しゃべるネズミが登場するサルデーニャの寓話を、デリオに語ってやる。動物の名前から、いつもの方言問題につながることもあって、一九三〇年六月二日、タニアへの手紙で、“scruzone《スクルツォーネ》”という種類のトカゲがいたように思うと述べる。子供の頃に、そんなのは実在しないと博物の先生に言われた。田舎の迷信だと片付けられてしまったが、いまになって獄中で思い出したら、もしかしてラルースの事典に出ているフランス語の“seps”（カラカネトカゲ）と近縁種なのかどうか知りたくなったので、イタリア語の名称を確かめてもらいたいと言う。グラムシは獣医への敬意を強く抱いていた。「症状を言葉にできない動物を治してしまうのだから」（一九三一年九月七日）、その手当ては言語を超えるということだ。書簡集の随所で、いわゆる郷土料理、またサルデーニャならではの料理用語に関心を見せているグラムシは、一九三一年八月三十一日、ジュリアへの手紙で、息子たちには食用と非食用のカエルを区別できるようにさせたいと言って、食用種をフライにする要領を詳しく書き送っている。

会話とコミュニケーション／*CONVERSAZIONE E COMUNICAZIONE*《コンヴェルサツィオーネ エ コムニカツィオーネ》

手紙に書かれたことは、会話としては、その片側にすぎない。それでも会話・コミュニケーションが、グラムシにどれだけ重要だったのかということは、読んでいて充分に察せられた。前述のように、ノートと書簡は会話する関係にある。一方はモノローグで、もう一方は対話を意図する。ある種の日記ないし自身への手紙と、宛てられた各人への通信。だが手紙とは、心の中の会話、思考、知の探検にもなっていて、他者に宛てながら自己との会話でもある。内に向かうものは地球規模にも大きくなるが、その逆に、外に向かったものが痛切に個人を語ることもある。この両者は合わせて読まれねばならない。さまざまな意味で、一方が他方の翻訳になっている。

往復／*AVANTI E INDIETRO*《アヴァンティ エ インディエトロ》

翻訳とは往復運動であると考えてよい。ごく現実的に言えば、目に見える運動の形をとって、手紙は差し出されて到着する。小包も届く。届かないこともある。彼を支えるのは時空を往復する言語なのだ。

相互性／*RECIPROCITÀ*《レチプロチタ》

獄中での精神状態は、手紙への応答に相関して、良くも悪くもなる。一九三一年八月三日、とくにジュリアからの音信が遠のいていたことに悩まされて、彼は別離のつらさを噛みしめる。一九三一年十一月三十日には、妻のことが「何一つわからない……そちらの暮らしぶりを想像できない」という不安を見せる。相互に亡霊となり、実体を失っている夫婦なのだ。手紙の妻は曖昧にしかならず、それが彼にはもどかしい。妻に触れることができなくて、たとえ無理無体にでも、抱きついて揺さぶってしまいたいくらいなのだと言う。彼が何より求めるのは、この苦境に応答してもらうことだ。一九三〇年十月六日には、ジュリアに宛てて、こんな不満をにじませる。
「僕らは対話というべきものを成り立たせていない。手紙では一人語りが重なるだけで、うまく噛み合っているのかあやしい」

定義／*DEFINIZIONI*《デフィニツィオーニ》

獄中で言葉の意味を考えていたグラムシは、新しい語彙を後世に残すこともあった。たとえば「覇権《ヘゲモニー》」「実践《プラクシス》」などは、彼の造語ではないとしても、従来の理解から再定義されて流通し、その響きが変わった。彼は読んだ言葉を再解釈して、古代ギリシャ語の語根を残したまま、翻訳し、変容させている。

変異／*MUTAMENTO*《ムタメント》

一九三一年九月二十日の手紙で、ダンテ『神曲』〈地獄篇第十歌〉に思考を重ねつつ、グラムシは言葉の変化について語っている。言葉が変わるということで、長い歴史の中で翻訳という行為が生じる。言葉は常に変化し、別のものになる。そうであるから、翻訳が発生を促され、必要とされ、継続もされる。翻訳が革命を下支えすることも、そのあたりから説明できる。

語形変化／*DECLINAZIONI*《デクリナツィオーニ》

まず古代ギリシャ語、ラテン語、それからドイツ語、ロシア語を学んだグラムシは、そのような格変化のある言語、つまり構文上の要請から常に語形が変化する言語を、いくつも横断して考えたり読んだりしていた。では、もっと一般化して、「翻訳」という語を変化させたらどうだろう。グラムシは、意識的かどうかはともかく、そのようにしていた。といって、いわゆる主格、属格といった格変化の話ではない。まず言語から発する翻訳が、文化、歴史、哲学、政治、また感情（とも私は言いたい）と結びつく反応を誘っていた。

秩序／*ORDINE*《オルディネ》

グラムシは、システムを論じることがある。その何たるかを心得て、どう変えたらよいのかと考えていた。まだ投獄されていなかった頃には、*Ordine nuovo*《オルディネ　ヌオーヴォ》（『新秩序』）という週刊紙を刊行して、「ロシア型会議《ソビエト》のイタリア版を創設」すべしとの論陣を張った。もし言語をじっくりと見るならば、それぞれの言語が秩序あるシステムであって、ルールに則ったものだとわかる。トゥリオ・デ・マウロは、グラムシのノートにおける思考が整然としたものであることを語って、それが断片的に見えるのは、ファシスト政権下に獄中で書かれたからにすぎないと言う。じつは深々とした分析に向かう強靱な意志がある、という指摘である。一九三一年八月三日の手紙で、グラムシは自分には「言語に対する学問的な厳しさ」があって、それは大学時代に「おそらく研究法の訓練を受けすぎて」身についたのだと言っている。だが、そういう厳しい学者精神に支えられたからこそ、あれだけの業績を残すにもいたった。ノートの差し入れを要求して、その種類にこだわったこともある。メモした内容が乱雑にならないように、「知的な整理を心がけたい」とのことだ。「秩序（“ordine”）」という「覇権《ヘゲモニー》」の周辺で語られそうな言葉は、形容詞にすれば“ordinario《オルディナリオ》”（英語では“ordinary”）で、「普通の」という意味になる。バッタリアの辞書では、「秩序」の説明は十四ページにも及んで、百通りの語義に分類されている。秩序は健全な精神の特徴ともなろう。ジュリアへの懸念を語るグラムシの心には、この言葉があったのかもしれない。彼女は「秩序を失って熱に浮かされた幻想がもたらす亡霊と戦っている」（一九三二年二月十五日）

沈黙／*SILENZIO*《シレンツィオ》

一九二七年十二月十二日、母親宛てに、「消息が絶えていると、まったくの苦痛にもなります」と書いた。沈黙は妻の精神病をめぐる懸案でもあるのだが、その件については書簡集のどこにもはっきりした記述がない。また刑期が二十年であるという現実も語られない。「ファシズム」という言葉も出されない。もちろん彼が書くことは、すべて検閲を経ていた。またジュリアの手紙がよくわからないのも、悲劇の糸の一本になった。「どうにか勘所をつかもうとしています」とタニアには言う（一九三二年二月十五日）。心の病気という事情が重なれば、それもまた翻訳の不可能性につながっただろう。また彼がみずから情報を止めたこともある。「獄中からでは、手

紙に書きたくないこともあります」（一九三二年五月二十三日）

声／VOCE《ヴォーチェ》

この書簡集は、文学作品として読んでもすばらしいもので、その理由は声が複雑なことにある。全体に一人称で語る小説のようにも読めるが、それぞれの手紙を見れば、いつ誰に宛てて書くのかによって、声の調子が変わっている。皮肉から誠実、明から暗、料理法から哲学、ありきたりな事案から、やむにやまれぬ考察——。というような揺らぎは、同じ日に別の人に宛てて書く場合には、とくに目立つことになる。もし翻訳するとしたら、そのあたりが難関になるだろう。手紙ごとの声がある。それを別の言語で、どう語らせてやれるのか。

境界・拘束／CONFINE-CONFINO《コンフィーネ コンフィーノ》

この二語は——二卵性の双子くらいには似ていて——どちらもグラムシにとってのキーワードであり、イタリア語の動詞〝confinare《コンフィナーレ》〟から派生する。その意味は二つあって、自動詞としては境界線で「隣り合う」、また他動詞であれば処罰として僻地に「追い払う」ということ。後者の意味では〝mandare al confino《マンダーレ アル コンフィーノ》〟という言い方もある。つまりイタリア語では、二つの領域を隔てる境界が——その延長で言えば二つの言語の境界も——遠くへ追放する意味と関わっている。〝confinare〟の語根は con + fines ということで、ラテン語の cum + fines（「限度があって」すなわち「境界を定めて」の意）から来ている。ではイタリア語の〝confinare〟は、ラテン語の同じ動詞から来るのかと思いきや、そうではなかった。古代ローマでは、流罪が執行されるとしたら、

“relegare”という動詞が使われた。英語の“relegate”（追いやる）に相当する。ただ、キケロの文章にあっては、名詞と動詞の連語として、たとえば“exigere in exsilium,”“pellere/expellere in exsilium,”“mittere in exsilium,”“eicere in exsilium”などの用例がある。いずれも「流罪に処す」ということだ。イタリア語で“confinare”（「同じ境界を有する」）の意味は、ラテン語だと“adiacere”であり、これが英語には形容詞“adjacent”（「隣接する」）をもたらした。ファシスト政権下のイタリアでは、処罰することに関する他動詞の意味が浮上する。グラムシが手紙を書き、ノートを埋めていった獄中生活を、ぴたりと言い当てる一語だろう。グラムシにとっては運命だったかもしれないが、しかしまた解放にもなった。彼は“al confino”（「流刑となった」）状態に置かれたのだが、ラテン語の“confinis”は（近縁語の“confine”や“confinium”と同様に）、「分ける」のでも「合わせる」のでもあって、境界線が共有されることを含意する。隣接、接近、近縁。それこそ書簡に見えている状態だ。つまり「隔てるもの」が「近い距離」にもなっている。流罪の身だったグラムシは、手紙によって、また手紙によるのみで、父であり、夫であり、義弟であり、息子であった。手紙を書くしかないのは孤立の極みだが、そのおかげで接続が成立して保持される。グラムシは言葉によって抵抗した。いつでも通信を維持して、びっくりするほど多くの著述を残して、拘束に抵抗したのである。獄中にあって、なお熱く知性を働かせ、思考の範囲を広げていた。それをイタリア語で表現するなら、否定の接辞をつけて“sconfinato”《スコンフィナート》と言えばよいだろう。「境界がない、無限である」ということだ。

グラムシは、翻訳をすること、また翻訳をする人間であることの重要性について、多くの助言をジュリアとタニアに送っている。一九三二年九月五日には、ジュリアへの手紙で、イタリア語からの翻訳にもっと打ち込んで本職にしてしまえばよいと言う。これはグラムシの考えだと、商用文、ニュース記事にとどまらず、「文学者でも政治家でも、歴史家、哲学者、どんな著者でも訳せる力量」を目指すことである。彼は理想の翻訳者が果たすだろう仕事の意義を、彼女に（私たちにも）説いている。「そういう訳者であれば、二つの文化を知悉して、その一方から他方への紹介を、文化史に則した言葉で行えるだろう」。つまり翻訳者は歴史の形成に一役買っているとも言える。ジュリアの場合には、それも運命のようなものだ、と彼は考えている。しかし、自分ではどうかというと、獄中でも翻訳の企画は成り立つのではないかと言われたことに対し、一九三一年八月三日、タニア宛ての手紙の中で、「無理な話だ」と言う。

「普通の」トランスレーション／*TRADUZIONE*《トラドゥツィオーネ》 *ORDINARIA*《オルディナリア》

新版の書簡集に付されたグラムシの略伝を読んでいたら、〝traduzione ordinaria〟という用語が出てきた。文脈から判断すれば、グラムシの身柄を移そうとする護送方式のことを言っている。船、列車、そのほかの交通により、単独に、あるいは何人かまとめて――。この〝traduzione〟という語の「輸送」に関わる意味は、ラテン語の名詞〝traductio〟に由来する。もとの動詞は〝traducere〟で、「連れて行く」という意味だ。囚人の移動に関わる語からの類推として、言葉の移動についても考えないわけにいかなかった（とはいえ、よく私が学生に注意することで、「移動」のメタファーだけでは、翻訳の本質にある「変容」まではとらえきれず、それだけ狭く考えることになりやすい)。この"traduzione ordinaria"を解するためには、形容詞の"ordinario《オルディナリオ》"も検討しなければならない。少なくとも英語で普通に言う"ordinary"(「普通の」)の意味だけにとどまらず、たとえば"professore ordinario《プロフェッソーレ オルディナリオ》"と言ったら、大学の教員としては最高位で「正教授」のことである。普通どころか「普通ではない」に逆転したようだ。グラムシは、普通であって普通ではないトランスレーションを、身をもって示していた。

翻訳可能性/*TRADUCIBILITÀ*《トラドゥチビリタ》

書簡集を系統的に読もうと思い立ってから、グラムシの「翻訳可能性」の理論について、じつに多くの研究がなされてきたことを知った。大まかに言えば、彼の政治思想においては翻訳の概念が中心的な位置を占めているということでもある。[3] バッタリアの辞書で"traducibilità"を引くと、実際の使用例として、グラムシの十一冊目のノートからの引用が出ている。「以下の問題に答えねばならない。さまざまな哲学的・科学的言語における相互の翻訳可能性は、いかなる世界認識にあっても死活的な重要事項になるのか、それとも(本来的に)実践哲学である場合だけなのか」[4]。外国語の辞書をこよなく愛したグラムシが、私も愛してやまないイタリア語の大辞典に、こういう形で取り込まれているとは、おおいに意義深いものを感じる。

コスモポリタニズム/*COSMOPOLITISMO*《コスモポリティズモ》

コスモポリタンの概念に結びついたギリシャ語の形容詞"kosmopolitēs《コスモポリテース》"は、"kosmos《コスモス》"(世界)と"politēs《ポリテース》"(市民)の合成語である。このハイブリッドな用語が、自己認識、所属認識へのハイブリッドな態度を表している。造語したのは、シノペ生まれで犬儒学派の哲学者ディオゲネス。どこの出身かという問いかけに、はっきりした回答を拒んだ結果である。つまりコスモポリタニズムとは、その当初から政治性を有して、国民・国家という概念に再考を迫るものだった。だがグラムシとの関係を見ると、この用語そのものに二面性があるので、やはり一概には言えない。彼の出身背景、資質、複数言語にまたがる思考には、たしかにコスモポリタンな特性が備わっていただろう。だが一方では、イタリアの「コスモポリタンな」知識層が果たしてきた役割と、その遺産について、彼は徹底した批判を向けている。一九三〇年十一月十七日、タニアへの手紙では、「十八世紀までのイタリアで、インテリ階級が果たしたコスモポリタンな役割」に触れて、「そのことでは、おもしろい本が書けそうに思います。まだ書かれてはいませんね」とも言っている。またタニア宛ての別の手紙（一九三一年八月三日）では、このコスモポリタニズムの淵源をローマ帝国にまでたどって、“cosmopliti《コスモポリティ》/imperiali《インペリアーリ》”（コスモポリタン／インペリアル）という二語を並置しつつ、ふたたび十八世紀までの状況を、「イタリアの知識人はコスモポリタンであって、（教会のためであれ、帝国のためであれ）普遍的であって国民的ではない役割を維持したのです」と述べる。彼は『獄中ノート3』において、「民衆と知識人、また民衆と文化には分断がある」と言い、支配的なコスモポリタンの知識層が、いくつもの民衆語を統合するところに、イタリア語の歴史があったのだとも考える。その結果、「詩人や芸術家はほぼ例外としてもよかろうが、そのほかの教養あるイタリア人は、イタリアではなくキリスト教ヨーロッパ全体のために筆を執った。コスモポリタンにして国民的ではないインテリの小集団だったのだ」[5]。コスモポリタニズムは、たしかにグラムシの出身背景、興味関心、また世界的に活発化した共産主義との関わり、あえて言えば彼という人間の運命を、そっくり反映している。だが同時に、カトリックの覇権《ヘゲモニー》と連動した用語でもあって、プロレタリア階級の言語に特有の自意識、特殊性、複雑性とは、ぶつかり合うものだ。ピーター・アイヴズとロッコ・ラコルテの編著を見ると、グラムシにとってコスモポリタニズムとは、翻訳の観点からして好ましからざるものだったことが再認識される。「翻訳の通弊として（言語にはよくあることで）政治性が剝ぎ取られ、異物に対してほどほどの薄い光を投げかけて、受け入れやすく、近づきやすく、興味を持てるようにしてしまう。ところがグラムシの場合、翻訳とは常に政治的で、革命の問題につながるしかない」[6]

変容／*TRASFORMAZIONE*《トラスフォルマツィオーネ》

最晩年にいたったグラムシは、二つのことを痛切に意識している。彼自身の変容は身体の変調であって、ずぶずぶと健康状態が悪化する。その反対に、息子たちは身体の成長を遂げている。

Giuliano mi pare cambiato completamente cambiato／
ジュリアーノはまるで別人になったようだ
Stai diventando una persona grande／
すくすく育っているのだね
Io sono molto cambiato／私はすっかり変わった

Sono diventato inetto a qualsiasi cosa, anche a vivere／
私はもう何にでも、生きることにも、鈍化している

彼が変わっていく様子は、一九三三年三月六日の手紙に、如実に現れている。ある極端な話として持ち出すのは、遭難した船で死を待つか、他者を食らって生きるか、という瀬戸際にある人々だ。

これが同じ人間なのだろうか。ある一瞬には、あくまで理論上の仮説にすぎなかった別解が、次の一瞬には、どうしようもない緊急の要件として出てくる。もはや分子レベルと言うべき変容が生じるのだ。どれだけ短時間であっても、その過程の前後では、まったく人が違っている。

これを読む私には、テキストが変容する過程についても、はたと気づかされるものがある。

翻訳、移動、移転／*TRASLAZIONE*《トラスラツィオーネ》

このイタリア語を、どう考えたらよいのか。ラテン語の名詞で「移送、移植」などを意味する“translatio”から発して、また英語の“translation”にも似ているのは、イタリア語では“traduzione”よりも、この“traslazione”のように見える。バッタリアの辞書を引くと、その意味は十五の定義に分かれている。先行する語を見れば、traslatamento《トラスラタメント》, traslatare《トラスラターレ》, traslatario《トラスラタリオ》...traslativamente《トラスラティヴァメンテ》, traslativo《トラスラティーヴォ》,

traslatizio《トラスラティツィオ》, traslato《トラスラート》, traslatore《トラスラトーレ》, traslatorio《トラスラトリオ》, traslazionale《トラスラツィオナーレ》と続く。定義として最初に出ているのは、あるものを別の場所へ「移動、移転」させるという意味であり、とくに尊い品物を礼拝所に移す際に使われる。より一般的には、人間の移動を指すこともある。三番目の定義まで行って、やっと“traduzione”、つまり「あるテキストを別の言語に移す」という翻訳の意味が出る。そのほか、法律の「改正」、水晶の「生成」、幾何学での「変換」、波形の「動態」、精神分析で分析家と患者の間の「転移」、あるいは修辞として言葉を換える「比喩」など、ずらりと定義がならんでいる。また辞書を離れても、この語にはグラムシと結びつきそうな意味があった。訴追の変更、移植・接ぎ木、筆写、転生、そして最後に、教会で言うような意味での生から死への通過——。グラムシをじっくり読んだおかげで、“traslazione”をじっくり考えるようになった。書簡集の新版では過去分詞として出会ったのだが、その同じ箇所に、“trasferimento《トラスフェリメント》”（移送）、“trasportata《トラスポルタータ》”（輸送された）も出ている。書簡集の編者フランチェスコ・ジャージは、グラムシの遺体が死後に仮埋葬されたヴェラーノの墓地から移される様子を、“traslate《トラスラーテ》”（“traslazione”の動詞形 traslare《トラスラーレ》から変化した女性複数の過去分詞）を使って述べる。「一九三八年九月、タニアの要望によって、テスタッチョにある非カトリックの外人墓地に改葬される」というのが、新しい書簡集のグラムシ年表では生涯の最後となる記述である。グラムシは死んでからも、ある場所から別の場所に移動していたのだ、と言っておこう。

亡霊／*FANTASMI*《ファンタズミ》

書簡集に何度も出てくる用語であり、イメージであり、基準点である。

意義／SIGNIFICATO《シニフィカート》

翻訳が、意味の再創造、活性化、近似化に関わるのだとして、ここで私もひとつ意味の解釈をして本稿を終えたい。この数カ月、私はグラムシが来たこともない国で、彼の文章と思考が保存されている図書館にいた。彼の著作だけではなく、彼についての研究書など、その言葉の意味を突き詰めるべく私が参考にした文献が所蔵されている。そういう場所にいて彼の書簡集を読み、そのほか彼の遺産となったものを考えていたことに、どういう意味があったのか。手紙を読む私の集中度が増すほどに（毎回、図書館にいられる時間は決まっていたのだが）中断することが難しくなった。手紙が私を変容させていた。グラムシをイタリア語で読みながら、彼を英語に変容させたらどうなるだろうと考える。ただ未訳だからというのではない。もし訳したら、もっと深いレベルで彼のことがわかるように思うからだ。グラムシの手紙については、ちょっと頑張って読んだというより、毎日しっかりと時間を決めて、脇目も振らず、あせらず丹念に、「秩序」を立てて読んでいた。そのようにして私なりにグラムシとつながる実感が持てたのだと思う。翻訳をする人間としてのみならず、一人の親として、子として、配偶者として、また一人の――これは誰も同じではなかろうか――歴史に問いかけ、この世界が一応まともになることを願う人間として、そのように思えた。図書館には彼の亡霊も来ていた。そこで私はじっと一人で彼を読み、彼を通して「翻訳」の最大限に広い意義を理解したばかりか、ともかくも自由であることの意味を知った。

プリンストン、二〇二一年

1 グラムシの書簡の訳は筆者による。

2 ただし、ジュリア宛ての手紙（一九二九年五月二十日）では、「サルデーニャ人なのは半分だけ」で、「純正ではない」と言っている。

3 その一例として『グラムシ、言語、翻訳』を参照。

4 アントニオ・グラムシ『獄中ノート』（全四巻）十一章四七節。英訳としてはアントニオ・グラムシ（デレック・ブースマン訳）『続・獄中ノート選集』（三〇七ページ）を参照。

5 『獄中ノート3』七六節（七三ページ）

6 『グラムシ、言語、翻訳』（一一ページ）

9　リングア／ランゲージ

私がイタリア語で書くようになって、もう九年になる。それだけ愛する言語ということだ。私に呼びかけ、迎え入れ、インスピレーションをあたえてくれた。こんな言語はほかにない。すっかり私の生活語になって、いまでは心の奥で考えることもイタリア語だ。私がイタリア語で書いたものを読んで、語って、応援してくださった方々に、また教師、批評家、友人の役割を果たされた方々に、深く感謝したい。ただ、そうは言いながら、“Lahiri《ラヒリ》 scrive《スクリーヴェ》 nella《ネッラ》 nostra《ノストラ》 lingua《リングア》”（「ラヒリはわれわれの言語で書いている」）といった論評が後を絶たない。だったら、いつまでたってもイタリア語は私にとって他者の言葉なのかと思わされる。

六年前に、ギリシャで、ある友人が愛蔵の辞書を書棚から抜いて譲ってくれた。ニッコロ・トンマゼオの *Nuovo*《ヌオーヴォ》 *dizionario*《ディツィオナリオ》 *dei*《デイ》 *sinonimi*《シノーニミ》 *della*《デッラ》 *lingua*《リングア》 *italiana*《イタリアーナ》（『新イタリア類語辞典』）である。私の転換点となったイタリア語との関係は、そもそも一冊の小辞典の世話になって始まった。そんなことを、この気前のよい友人は知っていた。ずっと昔に、どうにか言葉が通じるようにと思って、いつも小さな伊英辞典を持ち歩いていたのだった。私は以前から類語辞典を好んで熟読している。

生産性のあるテキストだからかもしれない。言葉には代替があって、その一語しかないというものではなく、また「言語」も複数形で存在するのが当然であることを、強く教えてくれる。

トンマゼオの類語辞典だと、“lingua”《リングア》（言語）は、“libro”《リブロ》（本）の直後、“luce”《ルーチェ》（光）の直前にある。その説明は八つのセクションに分かれていて、それぞれに用例や語義の説明がならんでいる。第一セクションで、著者は“linguaggio”《リングアッジョ》（「言葉《スピーチ》」とでも訳しておこう）との区別をして、「言語とは、ある社会の構成員が、意味の理解を同じくする一連の語を、同じ文法によって構成したものである」と言う。さらに続けて、「したがって言語は、一般に言葉というよりも、その概念が狭くなっている。ただし言葉と同等に広義で用いられる場合もある」

ということで、言語には、どこかの社会と結びついた特殊性がある。しかし、どの社会が（どの社会に通用する言語が、と言うべきかもしれない）一つの言語だけの力で機能し、存続するだろうか。

トンマゼオの辞書をぱらぱら見ていって、“lingua”の項だけでも、じつに多くの語と出会った。favella《ファヴェッラ》（会話能力）、locuzione《ロクツィオーネ》（言葉遣い）、parlata《パルラータ》（話し言葉）、pronunzia《プロヌンツィア》（発音）、idioma《イディオーマ》（地域語）、dialetto《ディアレット》（方言）、gergo《ジェルゴ》（仲間言葉）、vocabolario《ヴォカボラリオ》（辞書）、dizionario《ディツィオナリオ》（辞書）、glossario《グロッサリオ》（用語集）、nome《ノーメ》（名詞）、vocabolo《ヴォカボロ》（語）、voce《ヴォーチェ》（語）、significato《シニフィカート》（意義）、senso《センソ》（意味）……。とくに興味深かったのは、この項目の最後に近づいたあたりの関連語だ。tradurre《トラドゥッレ》（翻訳する）、traslatare《トラスラターレ》（移送する、翻訳する）、recare《レカーレ》（持ち運ぶ）、volgarizzare《ヴォルガリッツァーレ》（広める）、voltare《ヴォルターレ》（向きを変える）、volgere《ヴォルジェレ》（〜に向ける）、rendere《レンデレ》（〜に変える）、というように列挙されているが、この特定のリストは言語一般の性質を見せているのであって、いずれか特定の言語にとどまるのではない。言語は変わっていくもので、それだけに不安定だということでもある。もし一つの言語から他の言語へ、大きく水門が開かれたとしたら、さて、どうなるか。

翻訳に関する説明文の最後に、トンマゼオはこんな結論を述べる。「すぐれた文筆家は、他者の言うことに耳を澄ませ、また自分が言わんとすることを熟慮して、もちろん誠実な態度をとれているかとも考えた上で、本能として直感するにせよ、いささか探索するにせよ、その思考の形態、感情の強度を表現するにふさわしい一語を見つける。ある言語で成り立った表現は、翻訳するかどうかはともかく、他の言語でも同等に成り立つのだと言われる。文字通りにも、精神としても、根本においても」[1]

さすがの洞察ぶりだが、ここにも翻訳をする者らしい心性、態度、精神が見えている。一つの“lingua”（言語）だけを扱うのではない人間だ。トンマゼオはイタリアの国語統一問題に関わっていたけれども、自意識としてはバイリンガルの詩人であり、どちらかというとイタリア語よりもラテン語に傾いていた。自身の言語にこだわる気質ではない。フランス語にも堪能だった。ラテン語からは、ウェルギリウスの『牧歌』『農耕詩』など多数の翻訳がある。ラテン語に強く共鳴していた一方で、「ギリシャ語も心にあった（“greco《グレコ》 col《コル》 cuore《クオーレ》”）」[2]。一八四八年にはギリシャのコルフ島に（亡命として）赴き、のちに島育ちの女性を妻にする。もともとイタリアにいた当時から熱心にギリシャ語を学んで、その表現力に夢中になっていた。一八四三年には、フランスの文献学者クロード・フォリエルの編纂による *Chants populaires de la Grèce moderne*（『現代ギリシャの民衆歌』）を翻訳した。ここには言語の三角測量のような関係が見え隠れして、おもしろいものだと思う。現代ギリシャ語のテキストが、フランス語を経由したイタリア語で、再考、再現されている。ピエル・パオロ・パゾリーニは——この人もまた「複数言語チーム」のキャプテンというべきだが——トンマゼオ訳のギリシャ民衆歌集を、十九世紀イタリア文学の精華だと考えた。現代ギリシャ語のほかにも、古代ギリシャ語、ラテン語、フランス語、セルボ・クロアチア語、トルコ語が入り乱れて、ちょっとしたバベルの塔のような多言語テキストになっている。

翻訳をすると、わかってくることがある。まず何よりも、言葉とは、いくつも寄り集まって、折り重なって、豊かな意味の交雑をもたらすものだとわかる。「類語《シノニム》」の意味を考えても、その語の成り立ちからして、ギリシャ語の“σύν / syn《シュン》-”（同じくする）と“ὄνομα / onoma《オノマ》”（名前）の組み合わせなのだから、すでに翻訳を語っているようなものだ。翻訳とはすなわち、先行するテキストに、どこか違うけれども基本としては同じ意味をあたえること。いわば「類語」にも似て、ほかの筋道を立てて、もっとわかろうとすることである。

つい先日、私は、あるイタリアの新聞に記事を寄せた。[3] *Il quaderno di Nerina*（『ネリーナのノート』）というイタリア語での新刊にまつわる文章だったのだが、つけられた見出しには、おおいに当惑した。「モンターレの狂乱のヒマワリが、私の『イタリア語の』詩に光を投げた」という。どうしてカッコ付きの「イタリア語」なのだろう。私が書くと、でたらめで、いんちきで、へんな角度がついて、こんなイタリア語はない、ということになるのか。さらに見出しの下には、「バッサーニ、パラッツェスキ、パヴェーゼ、レーヴィの文章がそろっている。こちらの言葉が好きになった」と書かれていた。私が自分でこんなことを言うはずがない。これでは私とイタリア語の間には壁があると言っているようなもので、そんな国語意識にある（所有と分断の）問題性を再確認するだけである。イタリア語が私の言葉になったと言い立てるつもりはないが、私が持っている言葉の一つであることは確かだ。いま名前の挙がった四人は、いずれも複数の言語にまたがる作家だったということも忘れないようにしたい。そのおかげで各人それぞれの“linguaggio”[4]（言葉）ができあがった。これは「語り口」とでも言おうか、その作家だけのものである。これもまた、右のような「国語」の尺度からすれば、カッコ付きでもよさそうな各自のイタリア語なのだろう。

イタリア語の歴史、また古くラテン語の歴史は、常に複数性、移動性を特徴としていた。ラテン語の文学には、古代ギリシャ語の存在感がある。それを抜きにしては考えられないだろう。しかし、その古代ギリシャ語は、あとでローマの文人が吸収、翻訳、模倣しようとしなかったら、後世の関心事にはならなかったのではないか。ローマの活動があってこそ、ペトラルカそのほかルネサンス時代の人文主義者の覚醒があって、東方のビザンチンにまで関心がおよんだのだ。

ある言語は、いくつかの言語から養分を吸って、誕生から開花期にいたる。いわば一人の人間が、異なる二人から生じる果実であるようなものだ。もちろん親世代を越えたところからも、さまざまな形成要因が流れ込んでくる。言語を単数形（“lingua”）で考えると、本来の複数性がわかりにくいかもしれない。プリニウスがイタリアの国造り物語として言ったことを、以下に引用しよう。私には大きな発見があった。

あらゆる国の嗣子にして、また親ともなる一国について、かくも略式に概論するのは、いかにも不遜、不届の誹《そし》りを免れないと承知した上で述べるならば、この国は神智によって選ばれて、天の栄光をさらに高め、諸処方々の帝国をまとめて、風俗習慣を磨き上げ、各地の民が雑多に話す方言を一つの共通語に結合して、談論、文明の喜びを人類にもたらし、要するに、地上のあらゆる国々の母たる国となる。[5]

これに対応するラテン語の原文は——

nec ignoro ingrati ac segnis animi existimari posse merito, si obiter atque in transcursu ad hunc modum dicatur terra omnium terrarum alumna eadem et parens, numine deum electa quae caelum ipsum clarius faceret, sparsa congregaret imperia ritusque molliret et tot populorum discordes ferasque linguas sermonis commercio contraheret ad conloquia et humanitatem homini daret breuiter una cunctarum gentium in toto orbe patria fieret.[6]

そのイタリア語訳を見ると——

So bene che a ragione potrei essere tacciato di animo integrato e pigro, se trattassi superficialmente e di passaggio, limitandomi a queste indicazioni, la terra che di tutte le terre è a un tempo alunna e genetrice, scelta dalla potenza degli dèi per rendere più splendente il cielo stesso, per unificare imperi dispersi e addolcirne i costumi, per radunare a colloquio, con la diffusione del suo idioma, i linguaggi, barbari e tra loro diversi, di tanti popoli, per dare all'uomo umanità e, insomma, per divenire lei sola la patria di tutte le genti del mondo intero.[7]

プリニウスの原文では、女性名詞“terra”（土地、大地）のある文脈で、母と娘（“parens”と“alumna”）の関係が持ち出される。すなわち世代による力学が作用するところに、意義も情緒もたっぷりだが、どれだけ好条件でも葛藤はある。ラテン語で「父祖の国（“patria”）」と書かれていたものが、英訳では「母たる国（“mother-country”）」に変わっていることに留意したい。一方、“parens”（男性にも女性にもなる名詞で、父でも母でもある）は、英語でも性別のない「親（“parent”）」である。だがイタリア語訳の中では、“genitrice”《ジェニトリーチェ》として、女性の親であることを明示するようにラテン語を変更している。

このプリニウスの文章を見つけたのは、前述の新聞記事が出てから、まもなくのことだった。ローマのクイリナーレ宮美術館で、“Tota《トータ》 Italia《イタリア》: Alle《アッレ》 origini《オリジニ》 di《ディ》 una《ウナ》 nazione《ナツィオーネ》”（イタリアのすべて——国民国家の源流をたどる）という展覧会が催されて、プリニウスにも出番があった。展覧会の題名は、アウグストゥスの名句とされる“Iuravit in mea verba tota Italia”[8]を念頭に、彼のもとで帝政ローマができあがるまでには、紀元前四世紀から紀元一世紀におよぶ多様な文化的ルーツが時代の底流となっていたことに焦点を当てようとする。プリニウスの引用は、ローマ以前の言語が古典ラテン語の基層をなしているという趣旨で使われた。展覧会のキャプションでは、母と娘に相当するイタリア語が、“madre”《マードレ》と“figlia”《フィリア》に置き換わって、親の女性性が強められるだけでなく、母と娘の役割と関係に潜在する親密感、緊張感を語ろうとしている。[9]

英語訳とイタリア語訳は、どちらも母性に関わる表現を主調としながら、そこに強弱は出るようだ。[10] イタリア語には、“lingua”を一つの要素として、“lingua madre”（母語）という連語がある。これは"patria《パトリア》"（父祖の国）と好一対をなすとも言えよう。私自身は、いわゆる「母語」なるものに、いつも葛藤を覚える。そもそも狭苦しい発想で、あまり妥当ではないと思う人も多いだろう。「父祖の国」となると、なおさら私には違和感がある。ところが「言語」が複数形（"lingue《リングエ》"）になると、いくらか落ち着いていられる。のびやかな関係のネットワークがあるように思うのだ。そこで基礎になるのは、母と娘だけではない。伯母・叔母、祖母、従姉妹、孫娘がいてもよい。[11]

　プリニウスもまた、言語における単数と複数の力学を見ようとする。単一の言語は、民衆を一つに取りまとめる。征服することもある。だが、さらに上手を行くのが複数の言語だ。それこそが屋台骨であり基礎である。一つの言語は変転する（プラトンにならって言えば、「蜜蠟よりも刻しやすい[12]」）。言語とは、その単数ではなく複数において、誰の原点にもなるのだと私は思う。というわけで、私がカッコをつけたくなるのは単数の「言語」（"lingua"）である。これは一つの構造物。ショートする回路。自分の尻尾を嚙む猫。

　トンマゼオは、同時代人だったジャコモ・レオパルディとは、まったく反りが合わなかった。どちらからも、そう思っていたようだ。レオパルディの『随想集《ジバルドーネ》』は、一種の辞書のように読めるかもしれない。トンマゼオの類語辞典は、順序の整ったジバルドーネだと読めなくもない。[13]『随想集』には、単数および複数の言語を引き合いに出す箇所が多く、全体に、言語はレオパルディの文章にあって思索の対象となる確率がきわめて高い。その言葉から引用して、本稿を締めくくることにしよう。言語（複数）と理解力には重大な関連のあることが明快に述べられている。

いくつかの言語を知っていれば、それだけ有効に、明晰に、思考を形成することができる。思考は言語によって進むものだ。ところが、いかなる言語でも、微妙微細な思考のすべてに対応し、表現するほどの語句は持ち得まい。だが、いくつかの言語に知識があれば、ある言語で言えないこと、少なくとも簡単明快には言えないことを、別の言語で言うこともできる。すんなり言えなくても他言語なら言いようがある。そうであれば、理路を整えて自身を了解し、着想を言葉にすることが、それだけ容易になる。もし言葉にできないのであれば、心に思うことは、いつまでも漠然としたままである。[14]

私たちに複数の言語があってこそ、自己表現も自己認識も可能になる。無限に広がる自己の内部へと導かれる。その空間と静寂に——。もはや国ごとの別もなく、垣根や境目のない海の深みに[15]——。

ローマ、二〇二一年
著者訳

1 トンマゼオからの翻訳には、アレッサンドロ・ジャンメイの協力を得た。
2 トンマゼオ（エレーナ・マイオリーニ編）『ギリシャの民謡』（ピエトロ・ベンボ財団／ウーゴ・グアンダ社

［二〇一七年］）p. ix に引用されている。Tommaseo, *Canti Greci*（Elena Maiolini 編）（Fondazione Pietro Bembo/Ugo Guanda Editore, 2017), p. ix. に引用されている

3 『トゥットリブリ』（『スタンパ』文芸付録［二〇二一年六月五日］）

4 イタリア語の“lingua”と“linguaggio”は、同義語にもなるが、また明らかな違いもある。前者は語学的な用語として使われることが多い。「イタリア語」であれば“la lingua italiana”（イタリアの言語）となる。後者は意思伝達について広い意味で使われていて、たとえば“il linguaggio del corpo”（「ボディ・ランゲージ」）などと言う。このエッセイでは区別するために「言葉」や「語り口」と訳しているが、これもまた「言語」（英語なら“language”あるいは“tongue”）と訳されることが多い。その例としてはダンテ『神曲』（地獄篇、第三十一歌）の英訳を参照。ロバートおよびジーン・ホランダー共訳、ロビン・カークパトリック訳、マーク・ムーサ訳、チャールズ・S・シングルトン訳がある。その箇所でウェルギリウスは、バベルの塔を発案したとされるニムロドの話をしながら、三行のうちに二度までも“linguaggio”という語を使う。

5 プリニウス『博物誌』第三巻（ユベール・ゼナカー編、ベル・レットル社［パリ、二〇〇四年］）三九ページ。

6 プリニウス『博物誌I——天文・地理編（1～6）』（アレッサンドロ・バルキエージ他訳編、エイナウディ社［トリノ、一九八二年］）四〇一ページ。

7 *Storia Naturale I: Cosmologia e Geografia Libri 1-6*, p. 401

8 完全に引用すれば、“Iuravit in mea verba tota Italia sponte sua et me belli, quo vici ad Actium ducem depoposcit”（すべてのイタリアが誓いを立て、私に軍を率いてアクティウムで戦うことを求めたので、これに私は勝利した）［*Res gestae divi Augusti*（神君アウグストゥスの業績録）, 25］

9 “Tota Italia: Alle origini di una nazione,” Scuderie del Quirinale, May 14 - July 25 2021. 企画責任マッシモ・オサンナおよびステファーノ・ヴェルジェ。

10 ここでの解釈については、イレーナ・バラーズのご教示に感謝する。

11　なお、「叔母（“zia”）」そのほか、もちろんイタリア語では女性名詞である（zia, nonna, cugina, nipotina）。

12　プラトン『国家』第九巻588d.

13　イタリア語の普通名詞としては、「寄せ集め」「雑記帳」といったところで、これも複数形「言語」の同類だと言えるかもしれない。

14　ジャコモ・レオパルディ『ジバルドーネ――レオパルディの雑記帳』（マイケル・シーザー、フランコ・ディンティーノ共編、キャスリーン・ボールドウィン他訳、ファラー・ストラウス&ジルー社［ニューヨーク、二〇一三年］）九五ページ。

15　この表現はレオパルディの詩“L'infinito”（「無限」）を意識したものである。

10　外国でのカルヴィーノ

イタロ・カルヴィーノの国外での人気を語るとすれば、イタリア語以外で愛読されたものとして、やはり翻訳でのカルヴィーノを語ることになる。「ちょっと中空に」浮いたような作家を自称した人なので、翻訳（という二極の中間スペース）で読まれることは運命でもあったろう。

では、まず彼がどのようにイタリア人らしいのか（らしくないのか）見てみよう。イタリア人でありながら、いつも「そうではない」方向への傾斜があった。その経歴の中から、いくつかの事実を拾っておく（本人もおもしろがっていたことだ）。生まれたのはキューバで、育ったのはサンレモ。当時のイタリアでは、きわめてコスモポリタンな町である。アルゼンチンの女性翻訳者を妻にして、長いことフランスに暮らし、世界の各地を旅した。ニューヨーク（永遠に多言語と多文化の交差点）を、どこよりも「自分にふさわしい」と考えていたのは驚くまでもない。

彼が当初からイタリア人ではない作家に熱中したことにも注意したい。若い頃にキプリングを発見し、コンラッドで卒論を書いた（ちなみにコンラッドは生得ではない言語で書いた人である）。だが一方で、チェーザレ・パヴェーゼ、エリオ・ヴィットリーニとの友好・協力があったことも覚えておきたい。どちらも彼と同じく作家にして翻訳家であり、また編集者でもあった。ここでは多くの例を挙げないが、そのように作家としての形成があって、世界的な名声を得るにいたったということだ。

イタリアンというよりインターナショナルだった彼は、いくつもの場所や言語にまたがって活動し、自分の出身背景からは距離を置くことの利点を強く意識していた。彼の円熟期の(最も評価されて、最も広く訳された)作品は、彼がフランスにいた時期の所産であることを思い出すとよい。みずから望んで、実り豊かな言語的亡命状態を生きていたのだった。彼は言語的奇想で知られるフランス作家レイモン・クノーを翻訳した人であるのだが、私としては、彼がイタリアの民話を収集、翻案した『イタリア民話集』もまた一種の翻訳なのだと付言したい。

カルヴィーノを英訳したアメリカの翻訳家ウィリアム・ウィーヴァーは、『パリス・レヴュー』誌のインタビューに答えて、カルヴィーノは一種の文学語で書くので、その意味では訳しやすい作家だと言っている。つまり世界に通じる言葉として翻訳になじむ。その一方で、彼の文章は、散文とはいえリズムへの気配りがあるので、それを再現するのは大変だとも言う。たとえば『見えない都市』を訳した際には、ある程度の分量ごとに音読しながら作業をした。またカルヴィーノが科学的な表現を好んで、専門用語を使いたがることも、ウィーヴァーは承知している。これも翻訳者にとってはハードルが高い。そういう厳密な特殊性のあるもう一つの言語が、カルヴィーノの文章に付加されることになる。ともかく私が言いたいのは、カルヴィーノは紛れもなくイタリアの作家であるけれども、純粋にイタリア語だけで書いたのではないということ。それどころか、カルヴィーノには彼自身の言語、彼だけが持っている表現の王国があった。おもしろいと思わせるほどの作家なら、誰もがそういうことになっている。

　カルヴィーノは、「翻訳することがテキストを読む本道である」と題したエッセイの中で、「異なる言語レベル」としての複数性を論じている。また翻訳は「ある種の奇跡」によって成り立つもので、そこに「秘密のエッセンス」があるというのだから、何だか専用の装置でエキスを抽出するようだ。翻訳への向き合い方に、作家／翻訳家のみならず、科学者を兼ねた文学者のような姿勢がある。そんな元来の二重性があった上で、なお翻訳とは無理難題ではないかとも考える。

「本物の文学は、あらゆる言語の翻訳不可能な周辺領域で作用するものだ」

　彼のエッセイを読んでいて、あっと驚かされるのは、次の観察ではなかろうか――。イタリアの作家は、話し言葉、書き言葉の乖離から、「常に自身の言語に問題を抱え、言語ノイローゼの状態で」生きている。これはイタリア語を内外から見ればこその問題意識だろう。イタリア語に対して、まるで外国語を見るようにとでも言おうか、ともかくも彼が造形した人物パロマー氏のように、慎重な距離感を保っている。カルヴィーノは翻訳されることを喜んでいた。多くの場所で読まれたいだけではなく、「私が何を書いたのか、なぜ書いたのか、よくわかりたい」からである。彼にとって翻訳とは、ギリシャ語で言うγνῶθι σεαυτόν/gnōthi seauton《グノーティセアウトン》（汝自身を知れ）ということ。すなわち従来にない角度から、遠慮のない外部の目から、自身を見聞する新発見のプロセスなのである。

　イタリア国外のカルヴィーノ評では、「発明」「新案」という二つの用語がよく見られる。ジョゼフ・マッケルロイは、『見えない都市』への書評（『ニューヨーク・タイムズ』［一九七四年］）で、カルヴィーノは「イタリア随一のオリジナルなストーリーテラーである」と言った。評者は皇帝フビライ・ハンと旅人マルコ・ポーロが言葉を交わす場面に注目する。プラトンの対話を思わせるような箇所で、ここで元型という論点が出るのも意外ではなかろう。その結論として、「元型とはすなわち、すでに形式をとっていながら、これから変容する成形力を溜めているのでもある。そういうところで、本書はほかに類を見ない」と言う。また「オリジナル」という用語も出て、これもまた翻訳の論点につながる。まず第一の「原テキスト」があって、第二の変容版との間に、力学が生じるのだ。「オリジナル」は、「ラディカル」に通じ、したがって「革命」にも通じる。カルヴィーノ自身は、アメリカで最も読まれた作品は『見えない都市』だと考えていた。それでいて、いつものアメリカ人好みからは最も遠い作品だとも言うのだから、おもしろいものである。

アナトール・ブロイヤードは、一九八三年に『マルコヴァルドさんの四季』を書評して（これも『ニューヨーク・タイムズ』）、マッケルロイほどの激賞ではなかったが、それでも「アメリカの読者に最も感興をもたらすイタリア作家」とした。カルヴィーノの幻想的な作風を、デ・キリコの純化した形象にたとえている。この画家もまた世界をハイブリッドに駆け抜けた人だ。さらに評者は何人かの批評家を挙げて、カルヴィーノの企図は「解放」にあるという見方を紹介する（アメリカ人の集合意識にあっては要注意の語だ）。ここで比較対象になる作家は、とんでもない衝撃をもたらしたスペイン語の二人、ガブリエル・ガルシア＝マルケス、およびホルへ・ルイス・ボルヘスである。しかし「カルヴィーノ氏には発明の才があるが、長続きはしないだろう」と、割り引いたようなことも言う。ブロイヤードの説では、カルヴィーノの最も愛された一冊は『冬の夜ひとりの旅人が』である。「旅人」という語については、私が多言を弄するまでもあるまい。翻訳者の仕事のメタファーとして、適切ではあるが、乱用されることもある。

カルヴィーノが国外で愛された理由は何だろう。私が思いつくのは、言語の革新性、押しまくる想像力、アイロニーの使い方、といったところだ。ブロイヤードの書評には、そのアイロニーが過大に評価されるとの主張がある。私はそうは思わない。カルヴィーノは言葉の達人で、その芸域が広い。高尚にも平俗にも、ユーモラスにもシリアスにも、哲学的にも幻想的にもなる。一つの文学ジャンルから別の文学ジャンルに、するりと変わる。客観と主観を兼備した眼差しが、世界と宇宙を、日常と永遠を、同時に見ている。

プリンストン大学での実習授業として、彼の短篇「亀との対話」を訳したことがある。もともと『パロマー』という長篇の一部だったが、その出版時にはカットされていた。これを訳したおかげで、いまなおカルヴィーノがアメリカで、その若い読者にも、どれだけ愛されるのかわかった。科学用語が雪崩を打って、またユーモアが沸騰しているという、翻訳するのは容易ではないテキストに、学生たちはおもしろがって取り組んだ。結局、一番訳しにくいのはユーモアかもしれない。この短篇は、明らかに、プラトン的な（あるいはレオパルディ的かもしれない）対話形式で展開する。カルヴィーノは常に自身との対話関係にあったのだと私は思う。双子のような影と対話していた。つまり、前述のように、新しい視点から自身を見るということで、そういうところに翻訳家らしい感性があると言えるだろう。翻訳家はいつでも二つのテキスト、二つの声と渡り合っている。

カルヴィーノは、「亀との対話」において、ずばり翻訳（という人間らしく人間ならではの事業）のことを語っている。パロマー氏が亀に言う。「その格納式の頭の中に思考が存在することを証明できたとしても、それを言葉に翻訳させてもらわないと、ほかの者にとっては存在することにならないのだよ。いまだって、そうじゃないか。おまえに言葉を貸してやってるから、おまえも考えたいことを考えていられる」

カルヴィーノを訳したくなる——うまく訳したいと思う——のは、彼の精密な言語があればこそだと、この授業をしながら考えた。文章におよそ曖昧さがない。翻訳という（どんな好条件下でも、ついに探検でしかない曖昧な）行為にあって、原文がしっかりした定点になっていてくれる。学生と一緒に、テキストと格闘しながら、ある疑問も出ていた。もしグーグル翻訳そのほかの言語変換アルゴリズムを知っていたら、カルヴィーノはどう思ったことだろう。

カルヴィーノが使う言葉は——透明に複雑で、知的に皮肉で、まじめにふざけていて——どの言語になっても豊かに響く。翻訳で読む人にも、屈託のない精神が見えてくる。地域性にとらわれず、しっかり伝わって、解釈されようとする。ふわりと重心が移動して——宇宙飛行士が漂うように——あらゆる境界をも飛び越え、いかにも翻訳になじみやすい。軽み、というのは彼が晩年のテーマとして細心の研究を続けたものだったが、それ自体が何よりも、軽やかで多様な自身の本質を物語っている。カルヴィーノを翻訳で読む人は、そもそも異境に向かいたがる精神と出会うだろう。あるいは、言語的に通り抜け自由な環境と結びつく精神とでも言おうか。

カルヴィーノがイタリア国外で愛されるのは、しっかりと必要成分のそろった言語を作り出していたからだ。「秘密のエッセンス」なるものを完備した文章が、まれに見る結果をともなって、翻訳という奇跡を産み出す。ほかの作家、とりわけ翻訳で読む作家たちに、あれほど深い関心を寄せて、どこまでも大らかに受け止めていた人であれば、自身もまた、いくつもの他言語において、熱烈に、大好評で迎えられたのは、まったく当然のことで、運命でさえあったのだと私には思える。

ローマ、二〇二一年

アルベルト・ヴォヴリャス＝ブッシュ訳（著者協力）

あとがき　変容を翻訳する　オウィディウス

二〇二一年一月、私はプリンストンを発って、ロードアイランドにいる母を訪ねた。前年の八月以来、ズームで会うのは別として、母の顔を直接には見ていなかった。あまり具合がよくないことはわかっていた。母は元気がなくなる一方なのだと愚痴めいて、通話の声にも息切れが感じられた。その家に行くと、母はキッチンにいなかった。いつもなら料理の仕上げに喜々としていて、私が家族連れで着いたとたんに食べさせようとする。この日は、ひっそりとアームチェアに坐ったきり、私たちを前にして、立って迎えようともしなかった。それからの五日間、母はまずキッチンへ行かなかった。みんなでスクラブルをして遊んでも、母の覚束ない手は、すでにボード上にならんでいる文字タイルを、ずるずる動かしてしまっていた。よく弾んでいた声は、すっかり張りを失って、ぼそぼそとしか聞こえない。

翌週、プリンストンに戻った私は、古典学科の同僚イレーナ・バラーズと散歩をした折りに、母がだいぶ弱っているのだと言った。私を育てていた頃の母とは、どこか根本のところで違っている。愛する者が老いて変わっていくのは見ていてつらいという話になった。すると別れ際にイレーナは話題を変えて、ある提案をした。オウィディウスの『変身物語』を共訳してみないかと言う。〈モダン・ライブラリー〉から新訳を刊行する目論見なのだが、女性二人の共訳となれば新味のある企画だろう。

私がこの叙事詩に傾倒していることは、イレーナも知っていた。前学期には『変身物語』の英語版から適宜抜粋して、共同で担当する授業の教材にした。これは二人で立案した人文学の卒業演習で、「古代の企み、現代の仕掛け」という講義名をつけた。パンデミックに見舞われた二〇二〇年の長い秋に、私たちの生命線となったものである。すでに私は『べつの言葉で』という著書の中で、オウィディウス——そのアポロとダフネにまつわる神話——を手がかりとして、イタリア語で書く作家になった事情を述べていたのだが、そのこともイレーナは知っていた。私がプリンストンでの教職についてからずっと、担当する翻訳実習の基準点になるものとして、『変身物語』はますます意味を深めていった。そういう授業をしたおかげで、あらためて考えたことがあり、本書に収録した「エコーとナルキッソス」のエッセイにつながった。そのほか翻訳をテーマにして、エッセイを書く、講演をする、という機会もあった。『変身物語』は、曖昧、不定、変成、という原理に支配された作品である。文学のテキストを一つの言語から別の言語に変換する翻訳という行為には、この作品が強力なメタファーになるのだと、私はもう何年も学生に言い続けている。私が創作の道を歩んできた企みに、オウィディウスの傑作を訳す仕掛けが加わるのは、順当な経過だっただろう。

さりとて、私にしても学生時代以来、ラテン語をすらすら読めていたとは言えない。たまにラテン語の辞書を引っ張り出して、『変身物語』の原文を少しずつかじって読むというのと、全一五巻の——正確に言えば一一九九五行におよぶ——大作を全訳するのとでは、まるっきり話が違う。エベレストに登るような、と思ったとたんに、運命が寒気になって走った。だが、えらいことになったとはいえ、イレーナが相棒になってくれるという条件はある。あの一月の寒い日に、母が変容しつつあるという重苦しい心を抱えながら、私はイエスと答えた。

まずは編集部に見せる試訳を用意することにして、第一巻に登場するイーオーの神話を選んだ。ここでは若い女が牝牛に変えられて、また元に戻るという二重の変身がある。イレーナの計らいで、〈ファイアストーン図書館〉にある古典学科の大学院研究室を、私も使わせてもらえた。ほかに誰もいない。この部屋で美しい大型の木製テーブルに向かった。ガラスの壁は半分だけ磨りガラスだ。紀元前二世紀のローマの銘板が三枚掛かっている。この日常を離れた空間にいれば、オウィディウスのあらゆる刊本、注解、また必要になりそうな辞書類が、すぐ手の届きそうな近くにあった。ひっそり静かな雰囲気、三つのローマ碑文、休憩に坐れる赤い〈イームズ〉のアームチェア……ということで、もう居着いてしまいたくなった。ローマでの書斎と同じく、ここでも東向きに窓が一つあった。私のほかにはオウィディウスしかいない。よけいなことは考えずにいられる。時間の過ぎる感覚までも薄らいで、帰り支度のたびに切なくなった。

まずイレーナが原文に忠実な訳稿を作ることになっていたが、私も私なりに、あらためてラテン語と取っ組み合うつもりになっていた。五三歳の大学教授から、また学部学生に戻ったように変身して、もう一度、辞書を引きまくることが当たり前になった。全二冊の『オックスフォード・ラテン語辞典』と首っ引きで、ずっしりと意味の詰まった定義を熟読し、はたと考えては、詩文の一行ごとに、その文法を読みほどいた。ちょっとした単語帳が――というのは、あとで考えたい言葉を、とりあえず手書きでメモするうちに用語集になったもので、これも学生時代の習慣だったのだが――その分量を増していった。

オウィディウスの詩では、何かしらの変身があっても、以前の意識まで消滅することはない。私もまた、かつて勉強したラテン語がどれだけ消え残っていることかと、何度も思わされた。オウィディウスの詩はハイブリッドな趣向にこだわるが、私にはラテン語自体が古くも新しくもあって、なつかしむ、びっくりする、という繰り返しになった。異態動詞、未来分詞……そんなものがあったことを、すっかり忘れていた。だが、まもなく、いまは昔とは違うのだとも思った。大学時代の私とはラテン語の読み方が変わっていた。辞書を引こうとして、英語よりイタリア語と対照したくなる回数が増えた。単語帳に意味を書き留める作業も、すべてイタリア語になっていた。もちろんラテン語から直系の変身を遂げたような言語である。オウィディウスの英訳を目標としながら、かつてなく接近した位置から、ラテン語に入ろうとしていたのだった。この詩人を読む私に、ごく自然にイタリア語脳が働いて、たどろうとする翻訳の道は、もはや二点間の連絡ではなく、三角測量に似ていたのである。これはいいと思った。親近感があれば、新発見もあって、充実度の高い方法だとも感じた。

ゆっくりと、たどたどしく読んでいったのだが、それでも詩文の中へ頭から飛び込んで、イーオーの物語で波乱の幕開けとなるペーネイオス川に、私まで流されていた。「泡立つ波をうねらせ、雲を巻き上げ／川水は滝のごとく、霧を散らしては／木々に降りかかり／川音は轟々として彼方を襲う」[1]私が初めてオウィディウスを知った若い頃の興奮を思い出した。その比喩表現、言葉の戯れ、自然描写——。海や空を克明に記す言葉に驚嘆し、痛ましい親子の別れに心を打たれた。

週に一度、たいていは金曜日の午後に、イレーナと顔を合わせ、それまでに用意した訳文を検討した。大学の〈イースト・パイン・ホール〉に古典学の図書室があって、マスクをした二人がテーブルの両端で席に着く。これもまた古くて新しい感じがした。いくらか掟破りの感覚もあった。学内で見かける教員はごく少数になって、いずれも検査やソーシャルディスタンスの規則を厳守している。すでに一年ほど、同僚と対面で会うことが継続しているのは、この機会だけになっていた。持ち寄った原稿を突き合わせ、疑問をぶつけて、修正・調整した。あとで再検討の箇所には目印をつける。いくつか相談すべき点もあった。オウィディウスには複数の名前や形容を重ねて人物を特定する傾向があり、性暴力と言うべき場面もあって、どこにでも頭韻を踏むことが目立っていて、できればラテン語の「黄金詩行」と言われる語列も生かしたい、などなど。私たちは古代の地図を参照しながら、オウィディウスが構想する世界の地理を追いかけていった。

三月初旬には、アポロとダフネの神話までたどり着いた。これは私には強く響いてくる箇所だった。ニンフが月桂樹に変身してまでも自由を守ろうとした逸話である。すでに言ったことだが、私が英語からイタリア語で書く作家に変わった経緯の説明としても、この話を下敷きにさせてもらった。ある日、アームチェアに坐り込んで、暖房の吹出口を見ていたら、小さい黄色のラベルが目についた。よく見れば、「入／切」のレバーに商標がついていて、それが「アポロ」なのだから驚いた。製造元の社名である。なるほど癒やしの神だ。

この美しく、厳しく、霊気すら感じる空間で、さらにまた美しい詩を前にして、ここにいれば安心という気になった。ラテン語に包み込まれて、川の神ペーネイオスの奥の部屋《ペネトラリア》まで来たようだ。とはいえ、その翻訳者としては、ここは泳ぎきって出なければならない。ふと思いついた。オウィディウスの英語表記（Ovid）は、文字を並び替えれば、空洞（void）になる。

ほとんど毎日、よく週末にも、この研究室に通い詰めるようになった。母の最期が近いという直感が強まりつつ、私も長い翻訳に乗り出そうとして、これからが勝負だと思った。数年がかりの企画になるはずで、どういう結末にいたるのか、まったく見当がつかない。去ろうとする母への心配を募らせながら、私を見下ろしてくる三枚のくすんだ銘板に慰めを覚えた。刻まれた文字は四つの魂——男女二人ずつ——を記念して、「死者の霊に（“dis manibus”）」捧げられている。プリムス・アポリナリス（二十二歳八カ月）、ウェヌストゥス（八歳四カ月一五日）、アウレリア・ユスタ、アルテリア・ミュルターレ。どれもローマの家族から贈られている。母、姉、夫、不詳の縁者。だが中央に置かれたアウレリア・ユスタの銘板は、なんと自身が存命中に制作したものだ。本人と、夫、息子の記念として、「生きながらに、これを作る（“se biva fecit”）[2]」

ある日、この部屋で翻訳をしていたら、母から電話があった。フェイスタイムのアプリで、ビデオ通話をしてきたのだった。私の様子がわかると話がしやすいということか、もう何週間も前から、顔の見える通話しかしなくなっていた。その日は、母が私としゃべっている時間に、父がキッチンで電子レンジを使ったようだ。ところが電気ストーブもついていたので、ブレーカーが落ちてしまった。父は懐中電灯を持って、分電盤のスイッチを入れようと、アパートの地下へ降りていった。携帯の画面では、暗くなった室内に母の顔だけが浮いていた。なんだか予兆めいていたが、母の生涯が終わろうとした数週間には、ほかにもおかしなことが多々あった。浴室の白い石鹸の真ん中に、なぜか完璧に丸い穴があいた。庭にびゅんと風が吹いて、牡丹が倒され、バラが散った。すでに私は『変身物語』の世界にすっぽり入り込んでいて、何につけオウィディウスめいて見えた。プリンストンの構内を風が吹き抜ければ「おそろしい（“horrifer”）北風《ボレアス》の神」

を思った。白い石鹸にぽっかりと穴があけば、「風で生じた空洞」に運び上げられるカリストとアルカスが心に浮かび、そうかと思うと、世界が始まる混沌の極小ミニチュア版のようにも見えた。「いまだ粗製の一塊にすぎず、まとまって淀んでいる」[3]

三月半ばには、私の知り合いにもコロナ対策でワクチンを接種する人が増えて、ひと月ほどプリンストンに積もっていた雪もようやく解けだしていた。クロッカスが咲こうとして、また世相が好転しそうな気分も出てきたが、しかし私の慰めにはならなかった。なるとしたらオウィディウスだけ。人間が、あるいは人間に似た者が、次から次へと、石に、星に、動物に、植物に、水そのほかの自然物に、変身を遂げていく。そういう詩には得心がいった。オウィディウスが翻訳・翻案をして、その独自版に生まれ変わらせた神話・伝説にだけ——アイデンティティが再形成・再定義される境界領域にだけ、意味があるように思えた。『変身物語』を翻訳することは、忘れかけたラテン語を復活させるだけではなく、変化なくしてプロットなし、と思い起こすことでもあった。

三月の下旬になって、私はまたロードアイランドへ行き、数日前に入院した母を見舞った。一九七四年に母が二度目の出産として、私の妹を産んだ病院である。自宅にいた母がリモート診察を受け、卒中の危険性があるという医師の判断で入院が決まった。発作は免れたが、検査の結果、血中の二酸化炭素濃度が高いとわかって、もう長くはないと告げられた。そのことを私は受け入れたとも、受け入れなかったとも言える。母の時間が限られていると頭ではわかっていても、心の中では、母は死ぬというより別のものに変わるのだと思い続けた。人の死に直面しながら、私はもう『変身物語』によって死への見方を変えていた。作中に描かれる変身が、ことごとく新たな意味合いを帯びて見える。たしかに絶命もあるが、ほとんどの場合には、一つの存在を停止したものが、別のものに変わっている。オウィディウスが、生から死へという必然の移行を、何度でも語って描き出そうとしたのは、そうやって読者が必然の喪失に耐えられるように仕向けたのだ。そんなふうに思われてならなかった。

いよいよ差し迫って、ある小冊子を読んでおくように言われた。容態の変化を見る上で参考になるという。それで母の爪の色、皮膚の温度、しきりに水を欲しがる様子や、声の具合に注意した。小さくなった声は、ささやく程度でしかない。母が見せる変化は、それぞれに驚くべきものだった。私は何度もオウィディウスを思い出した。変わりつつある一瞬ごとにどれだけの緊迫感があることか。もちろん精密な描写力があってこその緊迫だ。物語は先を急がず、また往々にして動詞の時制が過去から現在に切り替わって、ありありと見える特異な変身が読者の心をつかまえる。かろうじて発していた母の言葉は、短文から単語、ほとんど沈黙にまで衰えていって、文字を書いても判読しがたく、私はますます物語中で言葉を奪われる人物（多くは女である）を思い出した。母のために祈りたいと思ったが、祈りの言葉を知らなかった。だから『変身物語』の冒頭の一行が——これを私は翻訳実習の初回に板書することにしていて、本書でもドメニコ・スタルノーネの話をしながら引用したが——私の祈りになった。この詩句を諳んじて、頭の中で何度でも唱えて、この祈りが母とともにあることを願った。“In nova fert animus mutatas dicere formas corpora.”（「いざ、わが魂は、姿かたち変わりたるものを語らんとする。」）

ある日、もう母を退院させて家に戻した。亡くなる四日前のことだった。私は病院から搬送される母を追走したが、途中で停車して、母の近くに置けるように鉢植えを二つ買った。アジサイとラッパ水仙。[4] 母は植物を好んだ。母に世話をされて、植物がよく育った。私は買ってきた花を化粧テーブルに置いて、どうかしらと言った。母はすぐに指をさして返事をした。その花に宿ることにする――。静かな確信がこもっていた。私の血中を解毒するように流れているオウィディウスの詩の力に、母は直感で気づいたのかもしれない。あの日の母の言葉は、母自身をも（ダフネのように）植物に変えて、私との結びつきを強めていた。いまの母はどうしようもなく不在になっているが、あの母の言葉のおかげで、私は母を太陽の下で青々と繁って根を張るすべてのものに翻訳することができる。

ローマ、二〇二一年

1 『変身物語』第一巻、五七〇―五七三行

2 綴字（正しくは biva でなく viva）や非標準的な文法には、依頼者の社会階層、出身民族を示唆するものがある。

3 第二巻五〇六行、第一巻七―八行

4 いまにして思えば、スイセン属の学名はナルキッソスなのだから、オウィディウスには縁が深かった。「その身に代わる黄金色の花があり、花の中心を白い花びらが囲んでいた」（『変身物語』第三巻、五〇九―五一〇行）

謝辞

以下の方々のお名前を挙げて感謝します。

プリンストン大学出版局のクリスティー・ヘンリーとアン・サヴァリーズ。その構想と知恵と支援があって、本書が完成にいたりました。

編集から、校正、刊行まで、原稿を見届けてくださった同出版局の全チーム。

インデックスを担当したシルヴィア・ベンヴェヌート。女性の双面神《ヤヌス》で装幀したアマンダ・ワイス。

プリンストンそのほかで、私にとって大切な、同僚、編集者、作家、研究者、翻訳者、また友人として出会った方々のおかげで、私の翻訳人生が整えられ、導かれて、ここまで続けてこられました。本書に収録したエッセイについて、直接にヒントをあたえられたことも、文章の微調整につながったこともあります。デヴィッド・ベロス、サンドラ・バーマン、ルイジ・ブリオスキ、レオナルド・コロンバーティ、マルコ・デローグ、ティツィアーナ・デ・ロガティス、テレサ・フィオーレ、アントネッラ・フランチーニ、オンブレッタ・フラウ、ロモロ・ガンドルフォ、サマンサ・ギリソン、バーバラ・グラツィオーシ、ジョイア・グエルゾーニ、ラリッサ・カイザー、ティツィアーナ・ロ・ポルト、ジェニー・マクフィー、マイケル・ムーア、ニール・ムーカジー、ポール・マルドゥーン、イドラ・ノヴィ、ファビオ・ペドーネ、ジュリア・ピエトロサンティ、シルヴィオ・ポンス、アニタ・ラジャ、フレデリカ・ランダル（1948-2020）、マイケル・レノルズ、ティツィアーナ・リナルディ＝カストロ、ステラ・サッキーニ、サラ・テアルド、エンリコ・テリノーニ。

とくにイレーナ・バラーズに感謝します。ダンテを導くウェルギリウスのように、オウィディウスの驚異の森を案内してくれました。

デヴィッド・T・ジェンキンズは、プリンストン大学ファイアストーン図書館で、私が古典学の大学院研究室、あの"locus amoenus semper et in aeternum"（いつ何時にも美しき場所）を使えるようにしてくれました。

ウィリアム・R・ディンジー。古代ギリシャ語、ラテン語の引用・参照のチェックは、きわめて丹念なもので、またヘラクレイトスについて知見を提供してもらえました。

キアラ・ベネトロは、グラムシの手紙を、イタリア語でも英語でも、こころよく、また完璧に、調べ抜いてくれました。

とくにお名前は挙げませんが、初期の段階でフィードバックしてくれた読者の方々に感謝します。

『ニューヨーカー』のニーナ・メスフィンからは、カトゥルスの詩そのほか《et alia》について訂正がありました。

エリック・シモノフは、"fidelissimus"（最高に信頼できる）エージェントで、またプリンストンで古典を専攻しています。

アレッサンドロ・ジャンメイは、altro AG cruciale della mia vita nonché pilastro di questo libro.（私の人生にあって、もう一人の大事なエージェントというべきで、本書を成り立たせる柱でもありました。）

ドメニコ・スタルノーネ che mi ha trasformata in traduttrice, con ammirazione e amicizia.（私をやさしく上手に持ち上げて、翻訳家に変身させた人）に感謝します。

モリー・オブライエンは、私の「最後の三つのメタファー」を訳してくれました。

アルベルト・ヴォヴリャス＝ブッシュは、私の翻訳者であり配偶者でいてくれます。

アマール・K・ラヒリ。伝説の図書館司書にして、ずっと昔から外国語辞書の愛好家。

プリンストン大学で私の翻訳授業に出席して、私に多くを学ばせてくれた学生たち。

初出一覧

「なぜイタリア語なのか」

イタリア語で書いてから、"Tre ultime metafore"（「三つの最後のメタファー」）と題して口頭で発表した。二〇一五年四月二十一日、シエナ外国人大学からイタリア言語文化教育の *Laurea honoris causa*（名誉学位）を授与された記念講演である。あとでイタリア語の書籍に収録された。*Made in Italy e cultura: Indagine sull'identità italiana comtemporanea*（メイド・イン・イタリアと文化――イタリア現代文学の特性について）（ダニエーレ・バリッコ編、G・B・パルンボ社［パレルモ、二〇一六年］）

「容器」

ドメニコ・スタルノーネ『靴ひも（*Lacci*）』の英訳版（ヨーロッパ・エディションズ［ニューヨーク、二〇一七年］）の序文だった。同年三月七日、「リテラリー・ハブ」というウェブサイトに抜粋が掲載された。

「対置」

ドメニコ・スタルノーネ『トリック（*Scherzetto*）』の英訳版（ヨーロッパ・エディションズ［ニューヨーク、二〇一八年］）の序文。

「エコー礼讃」

英語で書いたものが、筆者も協力の上で、ティツィアーナ・ロ・ポルトによってイタリア語に訳され、ルイス大学（ローマ）における二〇一九—二〇二〇年学期の開講に際して、基調講演になった。英語での発表は、二〇一九年十一月二十一日、マウント・ホリヨーク大学のヴァレンティン・ジャマッティ講座、次いで二〇二一年六月二日、イーストアングリア大学（イギリス）文芸翻訳センターの二〇二一年ゼーバルト講座にて行なった。

「強力な希求法への頌歌」

英語で書いてから、二〇二〇年九月九日、プリンストン大学人文科学カウンシルが毎年開催する人文セミナー（第一四回）の一環で、「あるべき論であるべきか——人文研究の問いかけ」と題して発表した。

「私のいるところ」

英語とイタリア語で書いて、まず英語でオンラインマガジン『ワーズ・ウィズアウト・ボーダーズ』（二〇二一年四月）に掲載された。ドメニコ・スタルノーネによるイタリア語訳は、"Traduttrice di me stessa"（自分の訳者）として、『インテルナツィオナーレ』誌（二〇二一年六月二十四日）に掲載された。

「代替」

ドメニコ・スタルノーネ『トラスト（*Confidenza*）』の英訳版（ヨーロッパ・エディションズ［ニューヨーク、二〇二一年］）の「あとがき」だった。ほぼ同じ内容が、「翻訳とは何かを教えられた一冊」として、『ニューヨーカー』電子版（newyorker.com）にも掲載された（二〇二一年十一月六日）。

「普通の（普通ではない）翻訳／*Traduzione (stra)ordinaria*　グラムシについて」

アントニオ・グラムシ『獄中からの手紙（Lettere dal carcere）』の決定版が刊行された出版記念の討論会（エイナウディ社、財団グラムシ研究所による共催、二〇二一年四月二十七日）に参加する準備として、イタリア語で考えていたことを英語でまとめた。ほぼ同じ内容で、ボローニャ大学における専門翻訳分野のLaurea ad honorem（名誉学位）授与式でも、基調講演として使っている（二〇二一年十月十九日）。同年、『ドマーニ』紙にも掲載（十一月五日）。

「リングア／ランゲージ」

イタリア語で書いて、その初出は『セッテ』（『コリエーレ・デラ・セーラ』紙の週刊別冊、二〇二一年十月十六日）。

「外国でのカルヴィーノ」

イタリア語で書いて、その初出は『ラ・レットゥーラ』（同右、二〇二一年九月十九日）。

＊参考文献につきましては、新潮社のウェブサイト
https://www.shinchosha.co.jp/book/590199/#b_othercontents でご覧下さい

訳者あとがき

ラヒリが英語で著書を刊行するのは、しばらくぶりのことだった。英語作家として最後の長篇となった『低地』からは九年。しかも英語では初めてのエッセイ集である。どういう本なのかということは、ラヒリによる「序文」がみごとな説明になっているので、訳者からは、あくまで日本語版への注釈、また訳者個人の感想として、いくらか補足するにとどめたい。

翻訳についてのエッセイ集、と言ってしまえば、それに間違いはないとして、この二語がすでに日本語では悩ましい。「エッセイ」も「翻訳」も、訳語としては危なっかしいものだ。ちょっと面倒かもしれないが、この二つの用語を整理しておきたい。

まず「エッセイ」とは、あるテーマを論じて、分析や考察がなされる文章のことである。筆にまかせた身辺雑記ではない。ここでのラヒリは、「序文」と「あとがき」には亡き母の思い出を織りまぜて、いわば小説家ラヒリの個性を発揮しているが、それもまた彼女が作家になる以前から翻訳を生きてきたことを語って、全体の趣旨に直結する。中間の各章には、ほとんど学術的とも言えそうな、しかし実体験から絞り出しての翻訳論がある。

もう一つ言いたいのは、「翻訳」と「トランスレーション」では、語感に差があるということだ。おそらく、それぞれの前半、つまり「翻」と「トランス」の差が、大きくものを言うのだろう。ラテン語起源の「トランス」には、どこかに渡る、越える、という意味がある。その場でくるりと翻《ひるがえ》すのではない。トランスレーションとは、越えて運ばれるもの。別の状態・形態に移すこと。変換・変容である。まだ生きている人間が天国に上げられたら、それもトランスレーションになる（本書では、一〇ページ、一四九ページに、その意味が出ている）。ベンガル語の移民家庭に生まれて、英語の作家に成長し、イタリア語に転換したラヒリは、トランスレーションそのもの、生きた見本、と言えるだろう。

よく国語辞典に出ている「翻訳」の定義（同じ意味の語に置き換える、というような）に対して、私自身はそんなことができるのかと思うだけなのだが、ラヒリが変容こそ翻訳の本質として、オウィディウスの神話（『変身物語』）を論じる第四章には、ほぼ全面的に賛同する。この日本語版においては、便宜上、「翻訳」という語を使っているが、ラヒリが西洋語で考えて語るのは、当然ながら、「トランスレーション」である。

そうであれば、原題の *Translating Myself* は、「自身を変容させる」ことでもあるだろう。「わたしが私を、移す／変える」とでも言えそうな、自己の別ヴァージョンを見ている意識が明らかだ（日本語から英語を見る訳者としては、あらためて再帰代名詞の威力を感じる）。この一冊は、ラヒリが翻訳について論じながら、同時に（あるいは、それ以上に）自分がどう生きてきたか、自分をどう思っているかと語っている本なのだ。

私がジュンパ・ラヒリの作品を初めて日本語に訳してから、もう四半世紀になる。その第一短篇集『停電の夜に』（*Interpreter of Maladies*［1999］）を訳し終えようとしていたら、新人のデビュー作がいきなりピュリツァー賞をとったというニュースを見た。それが二〇〇〇年の春である。

当時のラヒリは、三十代の前半で、すでに完成度の高い気鋭のインド系アメリカ作家として現れた。それから、『その名にちなんで』、『見知らぬ場所』、『低地』と続いた作品を、いずれも私が訳す機会を得たので、ラヒリが親世代の文化遺産への過度な依存を避けつつ、いまを生きる第二、第三世代を描こうとした過程を、私も日本語で追いかけていった。訳者にとって、どの作家を訳すかというのは大事なことで、おそらく俳優がどんな配役に恵まれるかと同じように、その人の仕事スタイルを決めるのではないかと思う。ラヒリを連続して訳すことは、私には貴重な職業訓練になった。それだから、とまでは言わないとしても、ラヒリから出てくる翻訳論には、体感的になじめるものが多い。ラヒリはスタルノーネを連続して訳した意義を語っているが、そのことにも私なりに、さもありなん、という気がする（おそらく、著者の筆遣いのようなものが、じわじわと訳者の身にしみて、訳すというよりも、代わりに書いているような感覚に――たとえ錯覚であっても――近づけるのではなかろうか）。

ともあれ、『低地』（*The Lowland*〔2013〕）が出た頃のラヒリは、すでにアメリカを離れて、ローマに移っていた。そして英語ではなくイタリア語で執筆するようになった。著者の言葉だと、自身をイタリア語に「接ぎ木」したのだった。「自分の新品種を一つ育てたい」（三二ページ）ということで、言語をフロンティアとする開拓に出ていった。そもそも母語なるものは何なのかと疑義を呈する人である。慣れ親しんだ英語に安住することもなかった。いまにして思えば――また訳した直後にも、なんとなく感じていたように――『低地』は英語の小説家たるラヒリの総決算になっていた。

そんなわけで、英語担当の翻訳者は失業したのだが、ラヒリのイタリア語での創作からは、中嶋浩郎氏による翻訳で、『べつの言葉で』、『わたしのいるところ』という成果が挙がっている。今回、また私が訳すことになったのは、ラヒリが英語で発表した翻訳論である。各章の執筆事情は本文に書かれているとおりだが、ともかくも最終的には英語でのエッセイ集として一冊になった。

この本の成立には、イタリア語に「移住」していたラヒリが、二〇一五年からプリンストン大学で翻訳の授業を受け持って（二〇二二年にはバーナード・カレッジに移籍）、さらには実務としても翻訳家になったということが大きく関わっている。いわばイタリア語と英語の往復運動をするようになった。私の印象を言うなら、しばらくぶりに訳者として向き合ったラヒリは、西洋古典の素養があるイタリア語の作家で、英語への翻訳を手がけることもある堂々たる学究肌の文化人になっていた。

原書の初版は、二〇二二年に、プリンストン大学出版局から刊行された。本文はもちろん英語だが、その随所にイタリア語、ギリシャ語、ラテン語、ロシア語の文字が引用されて飛び交っている。本書においては、日本語での読みやすさを優先して、縦書きの中に横文字を混ぜることを、なるべく少なくした。原文の明らかな誤記誤植については、とくに訳注もつけずに訂正したことをお断りする。また英語版では巻末に参考文献の一覧が付されている。その書名のすべてに無理な和訳をしても意味はないので、日本語版では省略したが、関心のある読者のために、ネット上で欧文のまま参照できるようにした。

そんな手間のかかるテキストと翻訳原稿を行き来して、入念な点検をされた新潮社の編集チームに、深く感謝する次第である。

なお、最後になったが、イタリア語については、現在のラヒリ訳者である中嶋浩郎さんのご協力を得たことを特に記して、厚くお礼申し上げる。もちろん一人の作家に複数の訳者が存在してもおかしくはないとして、その作家に複数の言語があるなら、なおさら当然のことだろう。それぞれの方角から作家に近づいて、競合ではなく補完になる。翻訳にはそういうことがあるのだと実感したのも、本書を訳したおかげである。

二〇二五年二月

小川高義

Translating Myself and Others
Jhumpa Lahiri

翻訳《ほんやく》する私《わたし》

著 者
ジュンパ・ラヒリ
訳 者
小川高義
発 行
2025年4月25日

発行者　佐藤隆信
発行所　株式会社新潮社
〒162-8711 東京都新宿区矢来町71
電話 編集部 03-3266-5411
読者係 03-3266-5111
https://www.shinchosha.co.jp

印刷所
株式会社精興社
製本所
大口製本印刷株式会社

乱丁・落丁本は、ご面倒ですが小社読者係宛お送り下さい。
送料小社負担にてお取替えいたします。
価格はカバーに表示してあります。

ISBN978-4-10-590199-8 C0397

べつの言葉で

In Altre Parole
Jhumpa Lahiri

ジュンパ・ラヒリ
中嶋浩郎訳

40歳を過ぎて経験する新しいこと――。
夫と息子二人とともにNYからローマに
移り住んだ作家が、自ら選んだイタリア語で
綴る「文学と人生」。初めてのエッセイ集。

CREST BOOKS